風が吹いている

〈表紙画・スケッチ画　筆者〉

目次——風が吹いている

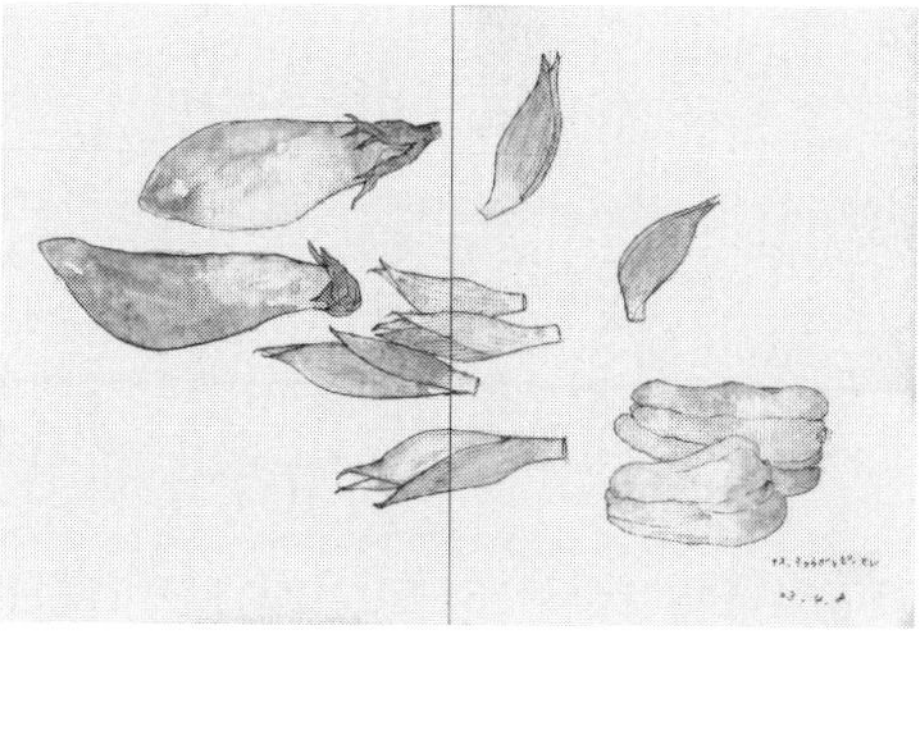

ヒラマサと銀座の夜

人生には思いがけない出逢いと、別れがあるものだ。

熱帯夜で寝つかれない夏の夜。昔、出逢った人たちを思い浮かべ、懐かしんでみるのも、老いの楽しみの一つになっている。

39年前にめぐり逢った徳島県穴吹町のＩさんも、かすかな記憶の底から甦ってくる人だ。

Ｉさんに出会ったのは確か、１９８１年（昭和56）の晩秋だった。

徳島市から吉野川を40キロほど遡った北西部にある穴吹町は、合併して美馬市になっている。

古い造り酒屋のご主人のＩさんは、町議会議員もされ、若手のリーダーとして活躍されていた。

Ｉさんには、生涯忘れることのできない人生のドラマがあった。そのドラマを追って、私は東京・羽田から国産旅客機ＹＳ11機で徳島空港へ飛んだ。

坂東太郎（利根川）、筑紫次郎（筑後川）と並び、四国三郎の異名をもつ吉野川。その支流の穴吹川のほとりで生まれ育ったIさんは、あの太平洋戦争で父親を亡くしていた。

Iさんがもの心ついたころ、父親は遠いビルマ（ミャンマー）の戦場で戦っていた。陸軍中尉の父親は、隊員21人の小隊長だった。終戦の年の１９４５年（昭和20）4月、大河のイラワジ川が流れる村の寺院の庭で隊員らとともに玉砕したと、母親から聞かされていた。

敗戦から31年経った１９７６年（昭和51）の冬、Iさんは日本政府の遺骨収集に参加した。40歳のときだった。ビルマでは、米・英連合軍を相手に餓死寸前の悲惨な戦いの末に、戦死した日本兵は19万人にものぼる。

Iさんたちがビルマに渡って5日目の夜のことだった。

遺骨収集作業の打ち合わせをしているとき、翌日は村の寺院で英国軍の戦車隊に包囲されて戦死した1小隊の収骨に出かける予定を聞かされた。そのときIさんは胸騒ぎを覚えた。

戦後間もないころ、復員してきた人たちから話を聞いた祖父が、孫のIさんに話してくれた父親の最期の情景にあまりにも似ていたからだ。

気持ちが高ぶり眠れぬ一夜を過ごした翌朝。Iさんたちはその寺院に向かった。マンゴーの林に囲まれた寺院に着くと、祈る思いで当時のことを村人たちに聞いて回った。

日本軍と英国軍の激しい戦闘を目の当たりにした人や、中には戦死した日本兵を牛車で運び埋葬したという人たちもいた。

そこに、生々しい戦闘の模様を記憶しているという村の長老が現れた。

「私の父は背が高くて、口ひげを生やしていました……」

Ｉさんがそう切り出すと、長老は、

「うん、確かにそうだったな」

と、何度も頷いた。そして、

「日本兵のいちばん偉い人の死体をこの辺りに埋めたはずだ」と、寺院の庭の片隅を指さした。

長老の話に驚き、興奮したＩさんたちはさっそく、その場所に集まった。スコップで土を掘り返していくと、ひと握りの白い骨片が現れた。

「これだ。これに間違いない」

はるかな時を経て思いもかけない、父と子の再会だった。

かつての戦友たちが泣きじゃくる異様な空気のなかで、Ｉさんの全身を言い知れぬ感慨が走り抜け、思わずその場にしゃがみこんだ。そして両手を差し出し、手のひらでやさしく、父親の小さな骨を包み込んだ。

私が訪ねた日。Ｉさんは出かけていて留守だった。

奥さまにあいさつして、酒瓶や酒樽が並ぶ店の中でしばらく待っていると、間もなく帰って来たＩさんは満面の笑顔で歓迎してくれた。

「わざわざ東京からいらっしゃる、いうので、仕事を放り出し、朝早く車を飛ばして室戸岬でヒラマサを釣って来たんや」

ヒラマサは、初めて耳にする魚の名前だった。ブリやカンパチと並ぶ高級魚だ。

その夜。離れの広い座敷に通され、Ｉさんのご家族と一緒に脂がのったヒラマサのお造りや、寄せ鍋を囲んだ。そして、Ｉさんご自慢の地酒を酌み交わしながら奇跡のドラマの一部始終を聞かせてもらった。

「あのとき、戦友たちは大声で泣いとりました。私はこの骨がほんとに親父のものなのか、信じられませんでした」

一緒に鍋を囲んでいた３人の幼いお嬢さんたちは、

「お父ちゃんは宝くじに当たったみたいやな」

と、くったくなく笑って、夕食の席は盛り上がっていった。

夜更けまで飲み交わし、自慢の酒ですっかり酔いが回ったＩさんから、

「こんな田舎ですけん、わたしら、ときどき京都の茶屋に遊びに出かけるんですわ。それが楽しみなんや」と、羽振りのいい話も聞かせてもらった。

翌朝。広い座敷で目を覚ましたとき、忙しいＩさんはすでに仕事に出かけたあとだった。

それから1か月ほど経った師走のある日、私の職場の電話が鳴った。

Iさんからだった。

「いま、東京に出てきとるんや。今夜、一杯どうかのう？」

陳情で、町長と一緒に上京したのだという。その夜、待ち合わせて新宿の高層ビルの最上階にある中華飯店にIさんと町長を案内した。

Iさんと、60代半ばの町長は、ビールのジョッキを片手に、久しぶりに大都会の夜景を眺めながら、すこぶるご機嫌で話が弾んだ。

Iさんには一宿一飯の恩義がある。私がレジで支払いを済ませテーブルに戻ると、すっかり酔いが回ったIさんはけしかけるように言った。

「これからおなご（女子）のいる店に、案内してくれんかのう」

さすが、徳島から京都の茶屋まで出かける造り酒屋の旦那である。

しかし、田舎のキャバレーならいざ知らず、夜の新宿の裏通りなど足を踏み入れ難い世界だ。

まだ若いころ新宿歌舞伎町で高額な代金をふっかけられた苦い体験もあり、私は尻込みした。

しばらく考えあぐねていると、

「そうだ、たしか銀座の日航ホテルのそばに、いい店があったはずや」

Iさんの記憶にあるナイトクラブは、ホテルの隣のビルの地階にあった。

ホールに入ると、怪しげな香りの女性たちが、私たちの間に割って入り、体を寄せて来た。気分が高ぶり、饒舌で奔放になっているIさんとは対照的に、朴訥な町長は大都会の色香に戸惑った様子で欠伸を繰り返し、昼間の陳情の疲れをにじませていた。

あの出逢いから長い歳月が流れた。しかし、遊び好きのIさんのこと。あの銀座の夜のことを覚えているに違いない。

不意に懐かしくなり、私はIさんにご無沙汰を詫びる便りを出した。ところが、1週間ほどして手紙は戻ってきた。

「あて所に尋ね当たりません」。赤い文字のハンが押されてあった。

自宅に電話をかけてみると、「現在使われておりません」というテープが流れてきた。美馬市役所に尋ねてみたが、消息を突き止めることはできなかった。

暗い予感がした。

ご近所と思われる理髪店に電話をしてみた。すると、年配の男性が電話口に出た。

「ああ、あの方ならもうとっくに亡くなっとるよ。酒屋も廃業してしまった。今は土地も建物も裁判所の管理下になっているはずや」

奥さんや家族の行方は定かではないという。あんなに明るく平和に暮らしていたIさんの幸せな人生に、一体、何があったのだろう。(16・17)

ヨッ！花嫁さん

異変に気づいたのは、夕食を済ませて間もないときだった。

この日は、気分が良かったので、近くのスーパーで安いワインを手に入れた。

カミさんとささやかな晩餐を済ませ、ほろ酔い気分でグラスや皿を手にキッチンに向かった。

キッチンに足を踏み入れたとき、何気なく視界に入った冷蔵庫の様子がヘンだ。庫内の温度を表示する液晶コントロールパネルがチカチカと慌ただしく点滅しているではないか。

冷蔵庫が息も絶え絶えに苦しみ喘いでいる。緊急事態だ。

トレーを抱えたまま冷蔵庫に近づき、メガネを外し老眼の目を凝らすと、「冷凍・冷蔵」の文字が、点滅している。

「あれっ、冷蔵庫がおかしくなっちゃったぞ！」

声を張り上げ、冷蔵庫の取り扱い主任であるシェフに知らせた。

今夜も残りものが片付いてヤレヤレ……満足そうな顔をして流し台で食器を洗い始めてい

たシェフが振り向いて近づき、冷蔵庫の前に立った。

「アラ！　アレ？　アレレ……ほんとだ。どうしちゃったのかしら？」

からきしメカに弱いわが家のシェフと、オーナーである。

荒い息づかいで助けを求めている冷蔵庫の前で、二人ともなす術もなく、しばらく呆然と立ち尽くした。

シェフは思案投げ首の末、家電を購入したときの関係書類が入ったファイルを本棚から引っ張り出してきた。そして、冷蔵庫の「取り扱い説明書」とにらめっこしている。

それらしき説明文を読みながら、冷蔵庫のパネルのあちこちを押したり、たたいたりしてみるが、全く反応なし。チカチカと点滅しているだけだ。

二人で冷蔵庫をさすったり、ゆすったり、たたいたりして励ましてみたが何の反応もない。やがて、本来の機能を失ってしまい、冷蔵庫の温度が上がり始めた。

扉を開けて中を覗いてみると、庫内にある冷凍食品は水滴がしたたり落ち、すでに解凍が始まっている。

さっきまで冷蔵庫に変わった様子はなかったのに……

あえて、いつもと違うことと言ったら、数日前、信州と東京に住む友人が送ってくれた到来物の美味しいハムとヨーグルトが入れてあった。ふだん、禄《ろく》なものが入っていない冷蔵庫がびっくり仰天して、心筋梗塞を起こしてしまったのだろうか。

瀕死の状態で苦しんでいる冷蔵庫を前に、手の施しようがないシェフとオーナーは奇跡の回復を祈り、そのまま安静にさせてひと晩、様子をみることにした。

翌朝も熱は上がる一方で、容態は一向に改善しない。

この白物家電、２００５年の夏に購入したから、わが家にやって来てほぼ10年になる。

「もう、10年も経つのか。寿命だったのかなあ、新しいのに買い替えるしかないか……」

「とても使いやすくて当たりだったのに、残念だわ……」

シェフはうらめしそうに呟き、いつまでも未練がましかった。

だが、ちょっと待てよ。案外、簡単な治療で熱が下がり、元気を取り戻すかもしれない。シェフは日ごろからこの冷蔵庫がお気に入りだったので、一縷の望みをつないだ。

午前10時の開店時間に合わせて冷蔵庫を購入した家電量販店に出向いた。

売場にいた若い女性店員に、昨晩の顛末を話した。

「おっしゃるように、修理して使うという選択肢もあります。でも、もう10年でしょ。仮に修理しても、別の箇所が不具合になってしまうことだって考えられますよ……」

丁寧に応対してくれたその女性店員の言葉の背後には、もういい加減に諦めて新しい冷蔵庫に買い替えたらどうなの？　と、未練がましい私たちに、やんわりと、決断を迫っているようだった。

技術革新で次々と新製品の開発を急ぐ家電メーカー。その新製品を大量に売りさばく家電量販店。そして使い捨て文化を謳歌する消費者。

文明社会が築きあげた消費経済のトライアングルは、大量生産——大量消費の流れを決して押しとどめようとはしない。

しかし、電化製品にも命を感じていつまでも愛情を注ぐのは、質素な暮らしをしている老いた夫婦のささやかな生活観でもある。

だが、修理して長く大切に使い続けたいという私たちの願いも、売る気満々の女性店員を前に、もはや無力だった。

その女性店員の顔は、考え込んでいる私たちに、「無駄な抵抗はやめなさい」と、迫っているようだった。

そして、居並ぶ各メーカーの新製品を前に、いつの間にかシェフもオーナーも気持ちが変わり、すでに買い替えに傾いていた。

「野菜室」が腰の高さにある冷蔵庫が便利だというシェフの希望で、同じメーカーの冷蔵庫を買い替えることにした。いくつかある中で、本体の色は、シェフ好みのパールピンクの清楚な感じのものを選んだ。

「新婚さんが使うような冷蔵庫じゃないか」

オーナーはうれしさのあまり、うっかり口走ってしまった。すると、

「ご主人さま、新婚家庭のような冷蔵庫で、奥さんに愛情豊かな美味しいお料理を作ってもらってくださいね」

「待っていました！」と、言わんばかりの絶妙なタイミングで、その女性店員はシェフとオーナーにとどめの一撃を加え、商談は成立した。

白黒テレビ、洗濯機、冷蔵庫が三種の神器といわれてから、私たち消費者は久しく文明の利器のお世話になって来た。

しかし、見方を変えれば、文明の利器に支配されて暮らし続けてきた半世紀でもある。

40年ほど前、所帯を構えてからわが家の冷蔵庫は、これが4台目となる。

「冷蔵庫がいかれてしまったぐらいで、あわてふためくこともなかったのになあ……」

文明の利器なしでは夜も日も明けない今日の生き方に、ひと言モノ申したい。オーナーはそんな気分になった。

「そんなこと言ったって、無理よ、無理、無理……冷蔵庫と洗濯機が無かったら、私たちの日常生活はお手上げですからね」

断末魔を迎えた冷蔵庫を横目に、その夜、オーナーがシェフに挑んだ文明批判論争はあっ

けなく一蹴され、長い一日が終わった。

ピン、ポーン……

あくる日。正午前に玄関のアイホンが鳴った。

パールピンクの初々しい「花嫁さん」が、ウエディングドレスならぬ、分厚い毛布にくるまれ、2人の屈強な男に抱かれて颯爽とマンションの玄関にやってきた。

それと入れ替わりに、コードを抜かれ、息の根を止められた3代目の古株は抵抗することもなく男たちに引き取られ、愛想をつかしたようにサヨナラも言わずにさっさと出ていった。

「今度の新しい冷蔵庫。エコモードで、キッチンが前よりも明るくなった感じね」

シュフは嬉しそうに言った。

そして、わがままそうな若い花嫁さんのご機嫌をうかがうように、せっせと食料品を詰め込み始めた。

わが家の舅と姑は、ハイカラすぎる、苦労知らずの花嫁さんと、これから仲良く円満にやっていけるのだろうか。（14・12）

感性と慣性

近ごろ、センセイと呼ばれる人たちの講演会が流行っている。

私たちの暮らしが豊かになり、さらに、高齢社会が進んで、多くの人たちがこれからの人生をどう生きるか、真剣に考えるようになったからだろう。

だが、講演を聞いて胸に響き、心が満たされる話となると、そう多くはない。

盧舎那仏で知られる奈良・東大寺の別当（住職）を務められた北河原光敬《こうけい》さんが「伊豆創生の集い」に招かれ、穏やかな秋日和の午後、伊豆の国市で講演された。

いまも仏教会の長老として社会に尽くされている北河原さんは、ソフトで、わかり易い語り口で、説得力のある興味深い話をされた。

上品な法衣を身に纏って壇上に上がった北河原さん。まずは会場の雰囲気を和らげようと、こんな自己紹介をされた。

「私は麻酔科のセンセイです。みなさんの前でお話を始めると、たいてい5分もたたないうちに、みなさん、熟睡してしまいます」

大きなホールは笑いに包まれた。

たくさんの聴衆を前に、ウイットに富んだ言葉でにこやかにあいさつされた北河原さん。満席の会場は終始、和やかな雰囲気に包まれていた。

お釈迦さまが悟りを開いたという聖地、インド北東部のブッダガヤにある印度山日本寺が１９７３年（昭和48）に開山して45年になる。

世界平和と国際融和の拠点を築きたいと、インド初代首相のネールさんの呼びかけに日本の仏教指導者たちが賛同し、平和と融和の願いを込めて「印度山日本寺」を建立した。

北河原さんは2年前から、この日本寺の6代目竺主《じくしゅ》を務めている。日本寺の周辺にはビルマ、セイロン、中華民国（台湾）、チベット、タイ寺など仏教国の寺院も建てられている。

ブッダガヤのあるビハール州はインド国内でも経済的に恵まれていない人が多く、最も貧しい州だという。多くの人が日々食べてゆくことに困るほど貧しく、幼い子どもたちは家族の生活を支えるため学校にも通えず、毎日働いている。

インドという国は大金持ちがいる一方で、貧しい庶民も多く、経済格差が大きい。

日本寺の本堂の落慶法要が行われたあと、パンなどを配る「施食《せじき》」で大勢の民衆が群がる光景に、北河原さんは「この国の貧富の差を改めて実感した」と言う。

貧困に窮している現実を少しでも解消しようと、日本寺の境内で無料の保育施設「菩提樹学園」を運営し、3歳から6歳までの幼児を受け入れている。

すでに１８００人を超える子どもたちがこの学園を巣立っていった。なかには保育士の資格を得て再び菩提樹学園に戻り、貧困家庭の幼児たちの世話をしている卒園生もいる。

北河原さんたちはこのほか、病気に苦しむ人びとに救いの手を差し伸べようと、無料の医療交流も実現させた。

こうした社会奉仕活動は菩薩の慈しみの心を体現する、いわば「菩薩業」である。

だが、北河原さんがいま、いちばん気がかりなのは、日本寺の存在さえ知らない日本の若い僧侶が増えていることだ。

そこで、この日の講演では、菩薩の心とは何かについて、私たち一般の人にわかり易く話してくれた。

北河原さんは7年前の3月11日、東北地方などを津波が襲った未曽有の大災害、東日本大震災に、言い尽くせない大きな衝撃を受けた。

東大寺では国家護持、国民の安寧、五穀豊穣を祈願する修二会《しゅにえ》の行《ぎょう》の最中《さなか》だった。

「被災地へ一刻も早く行かなくてはいけない」

北河原さんは居ても立ってもいられない気持ちになった。しかし、東大寺のさまざまな行事が重なり、すぐに奈良を離れることができなかった。

寺の行事がひと息ついた8月。

ようやく被災地を訪ねることができた。津波に襲われてすべてを流され、変わり果てた町を巡り、法要を営み多くの被災者たちを慰めて歩いた。

家族や家を失い、哀しみのどん底で途方に暮れる人びとを目の当たりにして、改めて気づいたことがあった。

それは、被災者を前に仏教の教えを説くよりも、被災者の話にじっと耳を傾けて寄り添うことの大切さだった。そして、目の前に広がっている厳粛な事実を受け止めることのほうが、はるかに被災者の心に近づき、慰めになると思った。

大津波で全校児童の7割におよぶ74人の児童と、10人の教職員が犠牲になった石巻市立大川小学校にも足を運んだ。

大津波で校舎が押し流されてしまった場所に立ち、子どもを亡くされたお母さんたちの切なく、悲しい思いを聞いて歩いた。

「ここでも、被災したみなさんの哀しみを受けとめることの大切さを強く感じました」

と、北河原さんは被災者の心を受け止めることの大切さを語った。

「来年もまた、きっと来てくださいね」

別れ際に聞いたお母さんたちの切なる声に、約束を果たさなくてはいけない。そう思い、翌年も被災地を訪ねた。

ところが、そこで予期せぬ話を聞かされる。

震災のあと、わが子を亡くしたお母さんと、子どもが助かったお母さんたちの間に、言葉では言い表せない、微妙な、しかし深い感情の亀裂が生まれ、お互いによそよそしい雰囲気になってしまったのだという。

そして、自分の子どもが行方不明のままになっているお母さんが重機の免許をとり、わが子を懸命に捜し続けたが、

「今日で事実を受け止めざるを得ません」

と、無念の思いを聞かされたとき、激しく心を揺さぶられた。

「漂流物を片付けたり、海岸線に高い堤防を建設したりする事業も大切です。しかし、被災者の心の復興もそれ以上に大事だと思いました。それがこれからの課題ではないでしょうか」

北河原さんは、東日本大震災と、被災者を慰藉することの意味について、そう結んだ。

この世の中で、人は独りでは生きていかれない。

そこから、さまざまな人びととのお陰で生かされていることを、より多くの人に知ってほしいと、北河原さんは語り始めた。

菩薩の慈悲の心は他者に手を差しのべ、決してその見返りを求めないことだという。その菩薩の心から、いま大切なことは人と人の心の「つながり」ではないかと考える。

だが、「現実の社会を見渡すと、他者を慮る気持ちが失われているように思えてなりません」と、静かに訴えた。

北河原さんはいま、私たちの社会が抱える心の問題を危惧されている。

今年は列島各地で集中豪雨や地震など大きな災害が相次ぎ、ボランティアの活躍が話題になった年でもある。困っている人を助ける奉仕活動に関心が集まった1年でもあった。

しかし、翻って、日ごろの暮らしのなかでそうした「利他の精神」が発揮されているかというと、それには疑問を感じている。

「戦後の民主主義によって、個が尊重されるようになりました。それはたいへん結構なことですが、世の中ではこのごろ自分さえよければ他者はどうでもいいという風潮がみられ、他者を慮る心が失われた社会になっているのではないでしょうか」

そうした変化の背景にあるのは、現代人の「感性」が失われ、一方で「慣性」がはびこってしまったことだと指摘する。

人は感受性が鋭ければ他者を思いやる気持ちを持つことが出来る。

逆に「慣性」は「惰性」につながる。ひとり一人の想像力が失われてしまうと、思いやりのない、すさんだ社会になってしまうと北河原さんは危惧する。

確かに、世の中を見渡すと、権力を持つものが勝手気ままに行動しているように映る。

公平、公正な民主主義が社会の片隅に押しやられ、差別と、偏見が大手を振るって、日本が分断社会に突き進んでいるように感じているのは、私だけではあるまい。

北河原さんは講演の終わりに、菩薩の大いなる慈しみの心を体現して、他者に手を差し伸べる「つながり」を大切に守っていきたいと語った。

仏教には「無財の七施」という、誰でもできる布施行がある。

優しいまなざしで接する「眼施《げんせ》」、身を呈して人に尽くす「身施《しんせ》」、お年寄りや障害のある人に席を譲る牀坐施《しょうざせ》。房舎施《ぼうしゃせ》といえば、弱ったり、疲れたりしている人に風雨を凌ぐ場所を差し出すことである。

私たちが暮らす世の中にはさまざまな喜びがある。なかでも、人や社会に尽くす喜びには深い味わいと、尊さがあるに違いない。

この日、大きな会場で名医から「麻酔」をほどこされた満席の聴衆は一向に眠気に襲われなかったようだ。

それどころか、静まり返った会場で名僧が紡ぎ出す深遠な言葉に目覚め、身を乗り出して耳を傾けていた。（18・11）

兵学校の光と影

降る雪や明治は遠くなりにけり

俳人、中村草田男の句である。しんしんと降りしきる雪を眺め、自身が生まれ育った明治という時代を懐かしんで、この句をつくったという。

齢のせいだろうか、時が過ぎてゆくのが早いと感じるようになった。

明治はおろか、大正も昭和も日々遠くなり、平成も、令和もやがて時代の遠景に霞んでゆく日が来るだろう。

先人たちが生きて来た時代の中で、明治と昭和は格別な時代だったのではないか。

いま沼津に暮らしている明治生まれの人は、１０７歳を頭に7人いるそうだ。そんなにいるのか、とあらためて驚いている。しかし、長寿社会で１００歳を超える人は増えているが、その一方で、文明開化と富国強兵の旗のもとに、近代日本を切り開いた明治生まれの人たちが、この世から姿を消してゆく日は遠からずやって来る。

この町には「明治」という時代に、懐旧の思いを抱く年配の人たちが、少なくない。

それは、日本という国に大変革をもたらした幕末維新を風のように駆け抜けていった「沼津兵学校」にひとしお思い入れが深く、郷土の誇りに感じている市民が多いからだろう。

その郷党の夢を語る沼津明治史料館は、全国に数ある博物館の中でも特異な存在として知られている。

兵学校研究の第一人者で、明治史料館の創設に尽力された国立歴史民俗博物館教授の樋口雄彦さんが語る「沼津兵学校とその時代」を聴講して、兵学校の歴史的価値を再認識した。

薩摩と長州藩を中心とした新政府に敗れ、江戸から沼津の地に移住した徳川幕府の臣民たちが明治元年（１８６８）に開設した兵学校は、明治の人びとが坂の上の雲をめざして駆け上がっていった、あの時代をそのまま映し出しているようにみえる。

樋口さんによると、沼津兵学校は文明開化の先陣を切っていた。

当時の教授も、全国から集まって来た生徒たちも洋服に太刀、脇差しという新旧入り交じった出で立ちで時代の移り変わりを感じさせた。

ハイカラ気取りの西洋ファッションの裏側には、滅び去った武家社会の権力意識を拭い去れず、人びとの間に、ラスト・サムライの複雑な心境が見え隠れしていた。

「立身出世」の扉を大きく開いたのも、兵学校である。

士農工商の身分制度を超えることが難しい江戸時代も、後期になると、とりわけ個人の能力を大切に考える風潮が生まれ、その潮流は幕末に入ると一気に加速していく。

近代社会に有能な人間を育てることを目的に教育指導をしていた沼津兵学校は、いち早く能力本位の仕組みをつくり、教育に実力主義を取り入れた。

そうした教育方針に感化された大衆は、学校で学ぶことの大切さを強く感じ始めていて、今日の受験戦争につながる世相の源流が見てとれると、樋口さんは語る。

グローバル社会になったいま、英語教育が小学校から大学まで大きな課題になっている。兵学校でも、強い国力を誇る大英帝国をことさら意識し、すでに英語を必須科目に取り入れていた。

封建制度下の武家社会ではモノづくりや、職人を軽視する風潮がことさら強かった。しかし、一方で富国強兵の文明社会は人びとに科学技術の重要性を知らしめた。

大日本帝国の陸軍士官を養成するために、兵学校では大砲や小銃のつくり方、修理する技術を教え、今日の科学技術の時代を先取りしていた面も少なくなかった。

とりわけ、注目されるのは、兵学校が明治から昭和にかけ、それぞれの時代の光と影に深く関わっていったことである。

一つは、民主主義とナショナリズムだ。

兵学校の開設と相前後して、数千人にのぼる移住者の新しい生活が始まったのだが、沼津藩の方針が徹底されていなかったため、不平や不満を溜め込む人たちも少なからずいた。

その不満を解消するために、幕臣たちは自由に意見を上申できる「訴え所」を置いた。

そこには対等の立場で意見を交わす公議公論、民主主義社会の萌芽がうかがえると、樋口さんは指摘する。

事実、兵学校は後に自由民権運動を志す島田三郎、田口卯吉、須藤時一郎ら民主主義を標榜する人たちを多く輩出している。

大小二百数十の諸藩が領国を支配する江戸時代は、「日本国」という概念が薄かったことは間違いない。

しかし、一方で、対外的な危機が訪れると、「国民国家」の意識を高め、やがてナショナリズムが形成されてゆき、日露戦争でクライマックスを迎える。

「日本海海戦の戦況を聞き、日本海軍がロシアを打ち負かしたことに、大変感激している」

沼津兵学校を卒業し、海軍兵学校の教官になった荒川重平の回想録であるが、日清、日露戦争を戦った者も少なくなかった。

一方で、日本の近代化と民主主義に貢献した兵学校にも、負の側面があったことを忘れてはならないと、樋口さんは指摘する。

それは、軍事帝国主義である。

陸軍の軍人となった多くの兵学校卒業生も、その政策の中に組み込まれてゆき、軍国日本は昭和20年の敗戦に行き着き、破滅の道を進んでいった。

近代史を学ぶときに、沼津兵学校とその時代は、現代に生きる私たちに広い視野とさまざまな示唆を与えてくれていると思う。

樋口さんの話をうかがって、当時の兵学校を、日本人の生き方を考える文化遺産と認識した人も少なくなかったに違いない。

沼津と兵学校のそもそもの出会いは、明治維新によって徳川将軍家の旧幕臣が移住し、沼津が彼らに住む場所を提供したという歴史の偶然性からスタートしている。

短い期間に２３０人を輩出した兵学校には、幕臣の子弟ばかりでなく、福井藩や鳥羽藩、徳島藩など広く全国の他藩からの留学生も多く集まっていた。

そこでは、近代的な教育が行われ、軍事だけでなく幅広い分野で活躍する人材を育んだ。

明治４年（１８７１）の廃藩置県によって、静岡藩がなくなると同時に、兵学校も明治政府に移管され、翌年には廃校となった。

しかし、ほんのわずかな期間に過ぎないが、沼津という小さな町が全国に名声を博した、誇り高き「地方の時代」でもあった、と樋口さんは言う。

いま、地方創生のかけ声の中で、活力に満ちた沼津の復活を願う市民は少なくない。明治史料館を管理する沼津市も、兵学校に憧れ、懐旧の思いを抱く沼津史談会の人たちも、この歴史文化施設を沼津の街づくりに生かすことは出来ないかと、いま、真剣に考え、頭を悩ませている。

明治史料館は、先見性、多様性を発揮して、日本が近代化に向かう時代をリードした沼津兵学校を語り継ぐ近代史のシンボルでもある。

歴史的に由緒ある街を散歩していて感じるのは、沼津の街にはどこか、西欧風文化の雰囲気があることだ。それはいまも兵学校時代への憧憬を引きずっているからに違いない。

いま、兵学校の遺産を展示している明治史料館は兵学校生みの親である江原素六先生の旧宅のあった場所に建っている。

言わせてもらうなら、明治史料館が沼津の新たな街づくりのシンボルとして、歴史文化の息づかいがかすかに残る中心街にあったなら、さらに歴史と文化の香りが増してゆくに違いない。

草葉の陰に眠る江原素六先生だって、あの排気ガスと騒音が渦巻く国道バイパスの道端では、息苦しくて心安らぐことがないだろう……。（15・04）

めぐみさんが還る日

北朝鮮に拉致された横田めぐみさんのご両親の滋さんと早紀江さんが先ごろ「拉致問題を考える会」に招かれ沼津を訪れた。

今も理不尽な苦しみに耐え続けるご両親は、やりきれない胸の内を語り、拉致された多くの人たちの一日も早い救出を訴えた。

滋さんは83歳。早紀江さんは、この2月に80歳の誕生日を迎えられた。辛抱強くめぐみさんの帰りを待つご両親とも長い間の心労が重なり、体調が思わしくないようだった。

それでも、この日の朝、めぐみさんの写真に向かって、

「行ってきます」

と、声をかけ、川崎市の自宅を出て来られたという。

横田さん夫妻には、これまでテレビや新聞などでしかお目にかかったことがなかった。直接、目の前で辛い話をうかがうのは初めてだった。

ご夫妻が主催者に案内されて1200人が待ち受ける満席の会場に入って来たとき、少し前かがみの滋さんと、背後に寄り添う早紀江さんの姿に、苦悩と哀しみ、それに老いが濃い影を落していた。

2002年（平成14）9月17日。私たちはあの日のことを、決して忘れはしない。

北朝鮮から飛び込んできた重大ニュースを伝えるテレビ画面に、多くの日本人が釘付けとなり、いたたまれない思いと怒り、哀しみに震えた。

小泉首相ら日本政府の一行はその日、日朝首脳会談に臨むため首都・平城（ピョンヤン）を訪れていた。

平城市内の百花園迎賓館で行われた首脳会談に先立ち、北朝鮮の金正日（キム・ジョンイル）総書記が、拉致されたとみられている日本人14人の消息を明らかにした。

その中身は、8人が死亡、生存は5人。該当なしが1人という内容だった。金総書記は会談の席で、拉致の事実を認め、「率直にお詫びしたい」と、謝罪した。

しかし、めぐみさんはすでに死亡していると、金総書記の口から思いもよらない、信じ難い結末が伝えられた。

その日、横田さんら拉致被害者の家族は東京都内の外務省飯倉公館で、福田康夫官房長官からそれぞれ個室に呼ばれ、北朝鮮側が明らかにした拉致被害者の安否を聞かされた。

翌日の朝刊によると、めぐみさんはすでに亡くなっているという報告に、父親の滋さんは衝撃のあまりその場に立っていられないほどだったという。

夕方、記者会見した滋さんは、「めぐみは死亡したという、残念なものでした」と、泣きはらして咳き込み、言葉に詰まりながら語った。

「めぐみがなぜ死亡したのか、正確に伝えてほしい」

激しい息づかいで訴える滋さんの姿を、私たちはテレビの前で胸を締め付けられる思いで見守った。

早紀江さんが背後から滋さんの背中を支え、

「お父さん、そんなの信じちゃだめ、これからも頑張りましょう」

と、気丈に声をかけていた。

新潟市立寄居中学の1年生だっためぐみさんは、１９７７年（昭和52）11月15日午後６時半ごろ、バドミントンの部活を終え、友だちふたりと一緒に校門を出た。

日本海の浜に向かってなだらかな上り坂を越え、友だちと別れたあと、自宅近くの通学路で突然、消息を絶った。

早紀江さんは事件当時のことを、こう振り返る。

「警察犬を使った捜査で、私たちの家のすぐ近くの曲がり角でめぐみの臭いが消えてしまい、事件だと知りました。まさか、こんな事件に巻き込まれるなんて……」

それからというもの、早紀江さんは、毎日、新潟の街を歩き回り、日本海の浜辺をさまよい、必死になってめぐみさんを捜した。だが、手がかりはまったくつかめなかった。

めぐみさんが北朝鮮に拉致された疑いが浮かび上がったのは、それから二十年も過ぎた１９９７年（平成９）に入ってからだ。北朝鮮から韓国に亡命した元工作員が、

「平城でめぐみさんらしい女性を見たことがある」

と証言したことから、その年の３月、拉致被害者家族連絡会が結成された。

金総書記は、

「１９７０年代から80年代にかけて、特殊機関の一部が、日本語の学習ができるようにするため、また、日本人の身分を利用して南（韓国）に入るために拉致した」

と、明かした。

事実、この期間に、多くの日本人が不自然な状況で姿を消している。

日本政府が認定している拉致被害者は17人、拉致された可能性を排除できない行方不明の人たちはこれまでの調査で８７７人にものぼっている。

北朝鮮の拉致が明白になった２年後の２００４年（平成16）11月末、私は出張で新潟市を訪れた際、めぐみさんが拉致されたという現場を歩いた。

冬の新潟は暗く沈んでいる。午後の早い時刻だったが、黒い、厚い雲が低くたれこめ、ときどき氷雨が舞っていた。

めぐみさんの足取りが途絶えたと思われる事件現場は、かつて横田さんご家族が住んでいた自宅と目と鼻の先にある。あたりは昼間でも静まり返り、人影もなかった。その先に、松林が広がり、日本海の白い波頭が見えた。

この浜辺からひそかに船に乗せられためぐみさんが、

「お母さん、お父さん助けて」

と、どんなに叫び続けても、闇夜の慟哭は荒れ狂う大波にかき消されてしまったに違いない。遥か北のかなたに、めぐみさんを連れ去ったあの国があるのかと思うと、突然、叫びたい衝動にかられた。

早紀江さんは、最後に言葉を絞り出すように訴えた。

「私たちは年を取り、体力も衰えています。こんな悲しいことを一刻も早く解決してほしいです。こんな日本でいいのでしょうか。自分だったらどうするか、みなさん、考えてください」

そして、「めぐみは間違いなく生きている。一緒に暮らしていた頃、いつも歌を口ずさんで明るく、愉しいことを言っていました。めぐみは絶対に生きています」

早紀江さんは自身を鼓舞するように、強い言葉で結んだ。

核と、事実上のミサイル発射実験に対する日本政府の制裁措置に、北朝鮮は拉致問題特別調査委員会を解体し、調査を中止すると宣言した。

拉致問題はまたも、国際政治の非情の論理に翻弄されてしまうのか。

しかし、こんな不条理な現実はいつまでも続くまい。

私たちは、異国の空の下で懸命に救いを求めるめぐみさんたち拉致被害者を絶対に取り戻すという強い信念を持ち続け、天命が下る日を待つしかない。ほかに、何があるだろう。

（16・03）

※

父親の滋さんは、残念なことに２０２０年６月５日、老衰のため亡くなられた。87歳だった。

めぐみさんが朝鮮民主主義人民共和国（北朝鮮）に拉致されて44年。気の遠くなるような月日が流れている。

滋さんは早紀江さんと共に、全国各地で１４００回を越す講演会で拉致被害者の早期帰還を訴えてこられた。しかし、体調を崩され、歩行や会話が不自由になり、２年ほど前から療養されていた。

母の秋海棠《しゅうかいどう》

寒さが身に迫るころ、白い外箱に入った端正な句集が送られてきた。

送ってくれたのは、私が卒業した高校の同級生S君である。

46判の外箱からおもむろに取り出してみると、渋い辛子色をほどこした布地の表紙に「句集　秋海棠」と書かれた金色の題字が目にとまった。

S君は大学を卒業したあと、税理士の資格を得て2、3年東京で実務を学び、修行した。それから、ふるさとの信州佐久市に帰り、会計事務所を開いた。以来、半世紀近くになる。自身と家族が暮らしている地域社会の経済や文化発展のために、古希を過ぎたいまも忙しく飛び回り、佐久市役所の代表監査委員も務めている。

会計事務所に、「識分知足」の書を掲げ、ずっと仕事ひと筋に生きて来たS君だが、50歳に差し掛かかるころ、ときには仕事を離れて生涯たしなむことができる趣味を身につけたいと、俳句の道に入った。

かつて、小、中、高校の教師をされ、退職後は地域の人びとの社会教育や生涯教育に力を注いでいた父親は、こう言ってS君の背中を押してくれた。

「俳句や短歌はいちばんお金がかからない趣味なんだよ。鉛筆と、折り込み広告の裏を使えばいいんだから……」

俳句は17文字の文芸である。短歌よりも文字数が少ない分たしなみ易いだろうと、初めは軽い気持ちでこの世界に飛び込んだ。

しかし、あにはからんや……

「俳句は文字数が少ないだけに、感受性が乏しく語彙を知らない私にはプレッシャーがかかった。でも、それが新鮮な刺激にもなった」

50の手習い？　で始めた頃のことを、そう振り返る。

経済成長の波に乗り、会計事務所の仕事もにわかに忙しくなった。

会社の経営者やさまざまな団体から依頼される仕事の量も、スタッフも増え続け、会計事務所は大世帯になっていった。

その一方で、父母が暮らしていた生家が火災に遭い灰燼に帰してしまったり、母親が浄土へ旅立ったりして気分が萎える日々が続く。

そのうえ、自作の俳句で、「百合の花」に譬《たと》えるほど愛する夫人が新年早々足を骨折してしまうなど、災いが重なった。

思うにまかせない人生の辛さを味わいながら、その内なる情感を俳句に詠み続ける。

60歳になった平成17年秋。それまでこつこつと作りためた２５０句ほどをまとめ、初めての句集「還暦」を上梓した。

還暦や白く寂しき山法師

自身が歩んできた人生が往路から復路へと折り返す感慨の深さと、一抹の寂しさが鑑賞する者の胸に迫る。

長い間、趣味の俳句と連れ添い、それを仕事の励みにしながら生きて来たS君は、やがて老いを意識するようになった。

だが、一方で会計事務所の経営者としての肩の荷は日々、重くのしかかるばかりだった。

ある日、ふと、立ち止まって周囲を見渡す。

同じ世代の友人たちはひと足早く、肩の荷を下ろして年金暮らしに入り、残された時間を思い思いに楽しみ、後半の人生を軽やかに歩み始めている。

仕事に追われて走る車の中から、春霞に包まれた田んぼや畑で、土を耕す友人たちの姿を目の当たりにした。

そろそろ仕事のほうは長男に譲ろう。自分はやがて還る土に親しみ、自然を畏れる暮らしをしたい……

そう心に決めると、俳句作りに拍車がかかり、若鳥が羽ばたくように俳句紀行が始まった。新聞や雑誌などの俳壇に投句した作品を選び、２冊目の句集「竹の春」を編んだのは５年前のことである。

竹は春に葉を落とし、秋に緑鮮やかに生い茂る。気がつけば自分の肉体はもう朱夏から白秋に差しかかっている。

せめて気持ちだけは若者であり続けていたい。過ぎ去った青春に思いを込めた。

「青春」とは心の若さ竹の春

70歳の古希を迎えたのを節目に、去年、長男に会計事務所を継承した。

俳人の一茶や蕪村は生涯とてつもない数の俳句を残している。S君がこの10年でつくった俳句は、１５００句から１６００句に上るという。

どの句集にも、秋になると庭先にひっそりと咲く淡紅色の秋海棠が詠まれている。

いまは、泥と漆喰で塗り固めた土蔵と土塀しか残されていない生家。その中庭に咲く秋海棠をこよなく愛していた亡き母の面影がいつまでも忘れられない。

亡き父母を想い、3冊目の句集の題名は「秋海棠」とした。

庵に植う孝《こう》妣《ひ》に手向く秋海棠

秋海棠は中国が原産の多年草で、江戸時代の嘉永年間に日本に渡来したといわれる。すっかり日本の自然に溶け込み、秋を代表する淡紅色の花であり、日の当たらないところに控えめに咲く。趣があり、俳句の季語にもなっている花である。

俳人松尾芭蕉も、

秋海棠西瓜の色に咲きにけり

と、秋海棠の花を西瓜の瑞々しさに重ね合わせて詠んでいる。

秋海棠がお気に入りのS君は、いま暮らしている自宅の敷地の一画に離れをこしらえ、「秋竹庵」と名づけた。

その庵に書や絵画、著書など父母の記念の品々を収蔵し、庵の裏手に秋海棠を植えて、ご両親を偲んでいる。

夏が過ぎるころ、庭の片隅で可憐な花をつける秋海棠をいつも待ちわびていた母。また、あるときは秋海棠の花の前にモンペ姿で佇む老いた母。

季節が訪れると、そんな母を思い出し、いまは物言わぬ母に秋海棠の花を手向ける。

私が故郷を出て、もう半世紀が過ぎた。他国の空の下で故郷は遠く霞んでゆくばかりだ。胸の奥にほのかなノスタルジーはあっても、父、母、そして自分を育ててくれた郷里の人びととは疎遠になってゆくばかりである。

父母を想い、日々感謝して暮らすS君を遠くから眺めて、いまはただ、ため息をつくことしかできない。

句集「還暦」の表紙は朱色。若竹を思わせる上品な緑の「竹の春」。そして辛子色の「秋海棠」。いずれも装丁はデザインのセンスが豊かな愛妻の手によるものである。

寒い冬の夜。ささやかな食事を済ませたあと、テーブルの上に3冊の句集を並べ、お茶を飲みながらしばらく眺めていた。

「秋海棠」の表紙は、なぜ辛子色なのだろう。

その花はいま、土の中にある。

春の訪れとともに球根が芽を出し、初秋の風が舞うころ、緑の枝葉に淡い花びらを宿す。

俳句は、人びとの心の奥を写生する文芸だ。

私の勝手な想像であるが、夫人は、自然の再生と循環に願いを込め、新しい命を宿す冬枯れの大地を表現したのだろうか。（17・01）

ヘルンが愛した町

山陰の城下町が夕陽に染まるころ、宍道湖畔の古風な宿に、ようやくたどり着いた。

朝早く沼津の自宅を出て半日がかり、長い列車の旅だった。

旅館の玄関の応接間で抹茶と和菓子をいただき、ひと息入れた。間もなく、年かさの仲居さんが現れ、ドアに「へるん」と書かれた5階の畳の部屋に案内してくれた。

窓から、暮れなずんでゆく宍道湖が一望できた。

ヘルンは怪談や紀行など多くの文芸作品を残し、日本文化の神髄を世界に知らしめた、あの小泉八雲、すなわちラフカディオ・ハーンの愛称である。

「お客さま、ここは小泉八雲ゆかりの宿なんですよ」

ぴんと糊の利いた浴衣をおもむろに差し出し、色白の仲居さんはさりげなく言った。

そして、ヘルンが生涯愛した松江の町との縁が、かつてこの場所にあった旅館から始まっていることを話してくれた。

明日は早起きして、ヘルンが松江に印した足跡を訪ねてみよう。
落日の名残をとどめる波静かな宍道湖を眺めていると、幸先のよい旅の歓びが胸に込み上げてきた。

若いころ、母国のアメリカで職を転々として放浪生活を続けていたヘルンは、１８９０年（明治23）の春、ニューヨークにある月刊誌の記者として初めて日本の土を踏んだ。40歳のときである。

明治維新のあと、「富国強兵」をスローガンに掲げ、驚異的な発展を遂げてゆく日本は、世界、とりわけ欧米諸国から注目の的になっていた。

私が暮らしている沼津でも、幕末に徳川の幕臣が移住したあと、東海道本線の停車場が置かれ、大正天皇のための御用邸建設も始まっている。東京を中心に日本列島のあちこちに近代化の波が押し寄せていた時代である。

若いころ、「古事記」の英訳本を読み、神さまと仏さまが共存する「神仏習合」の日本に憧れを抱いていたヘルンは、横浜に上陸してから精力的に全国の神社仏閣を訪ね歩いた。

そして、道徳心が豊かな日本人の暮らしぶりをこと細かく観察し、心に感じた紀行文を本国のアメリカに送り、紹介した。

「融合」と「調和」という日本人独特の考え方に魅力を感じ、すっかり取りつかれてしまったヘルンの愛着心は募るばかりで、次第に日本を離れ難くなってゆく。やがて月刊誌との契約を解除し、日本に腰を落ち着けようと覚悟を決めた。

世紀末を迎えていたこの時代、西欧文明の行き詰まりから人間性の回復を求め、東洋を目指す欧米の芸術家や文化人は少なくなかった。

ヘルンもそのひとりだった。

日本の自然や風俗、慣習に興味を抱き、底流にある日本人の心を追い求めようとする。その思想的な背景には、自身の生い立ちが深く関わっていたようだ。

ヘルンは１８５０年（嘉永３）、ギリシャのレフカス島で生まれた。父親はアイルランド出身の陸軍軍医で、母親はギリシャ人だった。

４歳のとき、両親が離婚、幼いヘルンは大伯母に引き取られ、神学教育を受けて育った。

しかし、家庭に恵まれず、しかも不運なことに遊戯中に縄の先が左目に当たり失明してしまう。やがて右目の視力も衰え、劣等感にさいなまれる少年時代を過ごした。

青年になると、ひとり新天地を求めてアメリカへ渡った。どん底の貧しい生活のなかで、書物を人生の友に探求心を養い、文筆家として美しい文章を書くことに執念を燃やす。生き別れになった母親を恋しく慕う一方で、自分と母親を見捨てた父親を生涯、憎んでいた。

自然界のあらゆるものに霊が宿るという日本の寛容な精神文化に傾斜していったのも、西欧文化の恩恵を受ける一方で、母子を捨て去った無慈悲な父親への復讐心を心のうちに秘めていたからだ、とも言われている。

アビシニア号で横浜に上陸してからしばらくして、職を失ってしまったヘルンはお雇い外国人となり、知り合いを頼りに島根尋常中学校と師範学校の英語教師として、その年の夏、松江に赴任した。それが、松江との縁である。

そのころ、外国人教師のなかには、文明が未熟な日本を蔑む者も少なくなかった。

だが、ヘルンは違った。西洋人には珍しく、日本に対する偏見を抱かず、好意的に日本の風俗や習慣、文化に接し、広く世界に紹介して松江の人びとから敬愛されてゆく。

そして、来日した翌年の１８９１年（明治24）、元松江藩士の娘、小泉セツと出会い、結婚する。自分の遺産が家族の手に渡るように、日本に帰化し「小泉八雲」を名乗った。

一夜明けた早朝、けたたましいエンジンの音が鳴り響き、宍道湖にたくさんの小舟が浮かび、シジミ漁が始まった。

その壮観な光景を眺めながら朝食を摂り、国宝の松江城と18万石の城下町を散策した。

「小泉八雲旧居」は、松江城を囲む堀川に沿った武家屋敷の中にある。

庭のある武家屋敷に住みたい。

それが、ヘルンのかねてからの念願だった。

居間や書斎、セツの部屋などを取り囲むように、枯山水の鑑賞式庭園があり、ヘルンはこの庭をすこぶる気に入っていたようだ。

池には、蛙や小さな魚、イモリ、亀などが棲んでいた。

蛙が鳴くと蛇が現れて蛙を呑み込もうとする。それを眺めていたヘルンは蛙を蛇から守ろうと、タイミングを見計らっては、自分が食べ残した肉片を庭に投げ、観察していた。

小動物たちはいまも生息していて、ときどき草むらから蛙の鳴き声が聞こえて来た。

ヘルンは日露戦争が始まる１９０４年（明治37）に東京で生涯を終えるまで14年間、日本で過ごした。その間、松江、熊本、神戸、東京と移り住んだが、１年３か月ほど暮らした松江の町をことのほか気に入り、愛していた。

ヘルンの曾孫で民俗学者の古泉凡さんは、ヘルンについてこう語っている。

「小泉八雲に日本の心を理解させるきっかけをもたらしたのは、松江や山陰の自然、文化だった。過ごした自宅は日本の精神文化を知るのに、うってつけの場所だったと思う」

ヘルンは自身の感覚を研ぎ澄まし、毎日、庭を眺める暮らしを通して日本という国を内側から見つめ、人と自然が共生する日本文化の豊かさを感じてゆく。

松江の暮らしと、セツとの出逢いはヘルンの人生にきわめて大きな役割を果たした。

その出逢いが、日本各地で伝承されてきた昔話や伝説などを現代的表現で物語につくり上げる「再話文学」の世界を確立したのである。

妻のセツから聞いた話をもとに、怪談「耳なし芳一の話」や「雪女」「むじな」など、多くの傑作を英文で書き、日本人の豊かな人間性や倫理観を浮き彫りにしていった。

この国をこよなく愛していたからだろう。ヘルンは近代化していく日本の将来を案じ、伝統的な日本人の心の継承を強く求め、こう訴えていた。

「日本人は節度のある誠実な生活を捨て去ってしまう危険性がある。質素を保ち続ける間は強いが、もし、舶来のぜいたく志向を取り入れるとしたら衰退していくだろう」

人口規模が沼津と変わらない松江の町並みは美しい。高齢化と人口減少に悩みながらも、人びとは、その歴史と文化に誇りを持っている。

私は、島根県に魅力を感じている。新婚旅行に選んだのも島根だった。経済成長とともに歴史の面影を失ってゆく町が多い中で、松江をはじめ出雲や津和野など島根には日本のふるさとを感じることができるからだ。

かつて沼津も松江と同じ小さな城下町だった。

幕末から明治にかけ、沼津兵学校が開校し、時代を先取りして華やいだ時代があった。それに、旅の歌人、若山牧水が暮らし、こよなく愛した文学のふるさとでもある。

だが、いま、そうした歴史の面影を偲ぶことができないのは寂しい。(16・05)

為政者の孤独

ＮＨＫの大河ドラマ「花燃ゆ」は幕末から明治へ、新時代の幕開けを描いた物語だ。志を抱いて生き抜いた長州藩士、吉田松陰の妹、文（ふみ、のちに美和）の半生を描いている。主人公の一途な生き方が、お茶の間に新鮮な共感を呼んだ。

このドラマを下敷きに別の角度から、終幕の舞台となった上州・群馬県を治めた明治と平成、二人の為政者について書いてみたい。

文の夫で、長州藩士から群馬県令となった楫取素彦《かとりもとひこ》。それに、平成時代に若くして群馬県知事を務めた小寺弘之である。

私は20代の駆け出しのころ、県庁所在地の前橋で過ごした。半世紀経ったいまもなお、初任地の上州には懐旧の情とともに格別な愛着を感じている。

ドラマ「花燃ゆ」がスタートする前年の暮れ、楫取の発案で迎賓館として建てられた「臨江閣」を訪ね、楫取夫妻の足跡を偲んだ。

折しも、県民から楫取の銅像建立の気運が盛り上がり、年の瀬の上州は熱く燃えていた。

そんな縁《ゆかり》もあり、ドラマに対する私の個人的な関心は、幕末の長州や江戸、京都の不穏な出来事や喧騒ではなかった。ひとつの時代を終え、新たに近代日本を背負う地方官と、富国の源泉の舞台となった上州・群馬を描く最終章にあった。

長州藩の医師の二男に生まれた楫取は儒学者として、藩校の明倫館で藩士の子弟らを有能な人材に育てた。そして、藩主・毛利敬親の信頼も厚く、側近として藩政に携わっていく。

楫取はわが身に降りかかる苦難を乗り越え、維新後の明治９年（１８７６）に新政府の期待を背負って群馬県令に任命された。48歳のときである。在任期間は10年の長きに及んだ。

楫取は群馬の今日の礎を築いた恩人であり、優れた政治家として語り継がれてきた。

一方の小寺は東京生まれ。東京大学を卒業後、自治省に入省し群馬県庁に出向した。神田坤六知事の信任が厚く、頼りにされた。小寺は上州の水が合っていたのだろう、この地に骨を埋める覚悟で財政課長や総務部長、副知事を歴任し、平成３年（１９９１）、50歳で知事となる。

以来、群馬県発展のために４期16年にわたり県政を担った。

楫取素彦と小寺弘之――この二人に時代を超えて共通するのは卓越した正義感と、使命感だ。

よりよく生き、その時代の上州、群馬を全国の模範となるような県にしたい一心で情熱を傾け、さまざまな課題に果敢に取り組んだ。

「空っ風」と、「かかあ天下」で知られる群馬の県民性は、昔から気性が荒く、反骨精神が強いことで知られる。明治の廃藩置県から屈指の「難治の県」と言われていた。

私が初めて前橋に赴任し警察回りをしていたときも、警察官たちの荒っぽい言葉遣いに度肝を抜かれ、少々ものおじしたものだった。

ドラマ「花燃ゆ」でも、楫取が上州人を相手にひと筋縄ではいかない場面がたびたび描かれている。

郷土史研究家の大野富次さんによると、

「群馬県は譜代大名と旗本の混在した地域で、士族の反乱がいつ起こっても不思議ではない土地柄だった」という。

無宿者も多く、国定忠治や大前田栄五郎ら名だたる侠客も出ている。

松蔭から「正直すぎる」と言われるほど誠実だった楫取は、いたずらに感情に走ることがなく、常に冷静で目上の者に対し「建白書」で自身の考えを述べていたという。

群馬県令になっても、若かりし頃、師である吉田松蔭に学んだ「至誠」の精神は変わることはなかった。なかでも、楫取が力を注いだのが上州の産業振興と、教育の向上である。

明治新政府は、和魂洋才と富国強兵を掲げ殖産興業を奨励した。幕末の開港以来、群馬は外貨を獲得する日本の主たる輸出品である生糸の一大産地として、その名を知られるようになる。

大規模な器械製糸工場の官営富岡製糸場を中心に、蚕糸業を盛んにするため、楫取は運輸交通、銀行など金融のインフラ整備に力を注ぎ、現在はＪＲ上越・両毛線になっている高崎―前橋間の鉄道を誘致した。

この鉄道を開設したことによって生糸や絹織物の横浜港への輸送が水運から鉄道に代わり、輸出は飛躍的に伸びて、富国への道を開いた。

採算を度外視して赤字経営に陥った富岡製糸場が、やがて閉場の危機に陥ると、楫取は新政府に対し閉場差し止めの誓願書を出し、存続に力を尽くした。もし、閉場され建物が取り壊されていたら、今日のユネスコ世界文化遺産は実現していなかっただろう。

楫取はまた、県民の教育水準を上げるため寸暇を惜しみ、草鞋《わらじ》を履いて上州路を歩いた。そして産業界から寄付金を募り、医学校、師範学校、中学校などを次々に開校していった。また、弱者に対しては授業料を無料化し、就学率をトップに押し上げて名実ともに、群馬を全国の「模範県」にした。

時代は変わり、平成のバブル経済が崩壊したあと群馬県知事選に出馬し、就任した小寺は、新時代の群馬再建に情熱を燃やした。

小寺が意識をしていたか、どうかは分からないが、楫取と重なる為政者だったことは間違いない。

県庁に出入りしていた私は、まだ若い課長だったころの小寺を知っている。

県庁職員をはじめ周囲から、

「小寺さんは裏表がなく、感情に走らず先見性がある。それに、なによりも心の底から群馬を愛している」

と、小寺を評価する声が多かった。

知事になってから、財政の健全化に手腕を振るい、将来を見据えて豊かな創造力で教育、文化に力を注ぎ独自の施策を次々に打ち出してゆく。

子育て環境を整備し、子どもたちに探求心を植え付けようと、「ぐんま天文台」や「ぐんま昆虫の森」を建設。少人数教育にも取り組み、小学校低学年の学級定員を減らした。

富岡製糸場の世界遺産登録に道筋をつけたのも小寺で、楫取との遠い縁《えにし》を感じる。

県民の政治への関心を高めたいと、全国で初めて、県民参加型の公募債「愛県債」を発行し、県立病院の整備に充てたりもした。

さらに、時代に合った地方自治のあり方を追求し、教育や福祉、防災など住民に身近な政策を住民自らが決め、執行する仕組みもつくった。

また、自然環境の保全にも力を注ぎ、尾瀬保護財団を設立するなど新しい時代の群馬県づくりにも力を尽くした。

一方、やっかいなことに、上州の難治の土壌は戦後にも引き継がれ、旧福田・中曽根の大物政治家の激しい政争が繰り返されてきた。

「政治家として、操り人形にはなりたくない」

福・中の狭間で、その信念を貫いた小寺も、両陣営の対立の渦に巻き込まれ、やがて政治生命を失っていく。

小寺は5期目に挑戦した平成19年の知事選で、自民党候補に惜敗し知事の座を追われた。その失意からか、体調を崩し、3年後の暮、70歳の若さで不帰の人となった。国家主義の下で尽力した楫取は、惜しまれて群馬を去っていった。

一方、民主主義の下で、真の地方自治の実現を目指した小寺は志半ばで挫折の憂き目にあい、多くの県民からその早い死を惜しまれた。

民衆が為政者を決める選挙は民主主義の基本である。だが、民主主義下の政治はときとして嫉妬と争いの舞台となり、民衆を巻き込んでしまう怖さがある。

大河ドラマ「花燃ゆ」はお茶の間に、新時代の息吹を感じさせると同時に、民主主義の非情と、不条理に甘んじた一人の為政者の孤独を偲ばせた。（16・01）

軒下のアイドル

うっとうしい梅雨の季節を迎えた。

長期予報によると、今年は長梅雨らしい。6月に入ってからずっと雨の日が続いている。降りしきる雨に気分が晴れない日もあるけれど、生命の息吹を感じる季節でもある。

戦後の復興がひと息つき高度経済成長へと突っ走り始めた昭和30年代。新しい街づくりの先駆けとして全国から注目された沼津市のアーケード名店街を歩いた。

西洋風の凝った建築デザインを取り入れ、モダンな面影を残す鉄筋コンクリートの商店街を歩いているときのことだった。10数㍍先の歩道の上にある小さな段ボール箱が目に入った。

あれは何だろう?……

不思議に思い近づいてみると、「頭上注意」と書いたプラスチックの小さなプレートが立てかけてある。

しゃがみ込んでしばらく目を凝らした。

その立札には、可愛らしいツバメの親子のイラストが描かれている。どうやら、いつとも知れず落ちてくるツバメの糞にご注意を、ということらしい。

その手づくりの小箱には、長い間、信頼の絆で結ばれてきた人とツバメの間柄を大切に守り続けたいと願う、商店街の人びとの思いやりが漂っていた。

見上げると、軒下にお椀を半分にしたようなツバメの巣がすでに出来上がっている。

チュ、チュッ……チュ、チュ、チュッ……

紳士だろうか、それとも淑女か。白いワイシャツに黒い燕尾服をまとったツバメが巣の渕につかまり、盛んに首を降ったり、足を動かしたりして仕事に余念がない。

出来上がったばかりの、真新しいマイホームを点検しているのだろう。

美容院の前のベンチに腰を下ろし、しばらく巣づくりの様子を観察することにした。

「何年かぶりにツバメが巣を作ったんですよ。生まれてくる赤ちゃんが楽しみです」

店の前の花壇の手入れをしていた美容院の奥さんが土いじりの手を休め、近寄ってきて、祈るように巣を見上げた。

3年前の、今頃だった。ツバメが一羽飛んできて、この商店街の軒下に巣をこしらえた。

しばらくして待望のヒナが誕生した。

名店街のご主人や奥さんたちは大喜びで毎日、巣から顔を出す可愛い赤ちゃんツバメの成長をやさしく見守っていた。

そんなある日、突然、荒々しいカラスが襲来して、立ちどころに巣を壊してしまった。無残にもツバメのヒナたちは歩道のコンクリートにたたきつけられた。

商店街の人びとの喜びもむなしく、ツバメの子育ては悲劇に終わった。それ以来、ツバメがこの軒下に巣を作ることはなかった。

だから、ツバメが久しぶりに飛んできて巣を作り始めたとき、名店街の人たちは小躍りして喜んだ。

杖をついたり、カートを押したりして、ゆっくり歩いてゆくおばあちゃんたちも、

「あら、まあ……可愛いこと……」

「オヤ、オヤ……、赤ちゃんが生まれたのかい？」

足を止め、微笑ましい表情で赤ちゃんツバメの無事を祈るように見上げてゆく。

この街のツバメたちは桜が咲き始める頃、越冬地のフィリピンやマレーシアなど東南アジアからはるばる日本列島に飛んできて、いっとき、沼津市民になる。

人家や川の橋の下、街のビルなどに巣づくりをして子育てをする。そして、子育てが無事終わると、水辺の葦の原っぱなどを塒《ねぐら》にしてコロニーをつくり秋まで過ごす。

夏から秋へと季節が移り、昆虫がいなくなるころを見計らって、ツバメたちはこの街で生

まれた新しい家族と一緒に再び南の国へ帰ってゆく。

体長17センチ、体重17グラムほどの小鳥だが、最高時速は新幹線並みの200キロで空中を自由自在に飛び回る。宙返りしてはビルの谷間や川の上に美しい弧を描く。

空中で昆虫を捕まえ、川や池の水面をかすめるように水をすくい取る姿は、まるで旅をする大道芸人さながらである。

ツバメは昔から田んぼや畑の害虫を捕食し、人間にとって大切な穀物を守ってくれる。だから人びとから益鳥として大切に保護されてきた。

以心伝心、気持ちが通じ合うのだろう、ツバメたちは人間を決して怖がらない。

それどころか、カラスやヘビ、イタチ、ネコなどの天敵に襲われないように、いつも人が出入りするにぎやかな場所に巣を作り、身構えている。

ツバメは人間と共存することで、自分たちの身を守ろうとする賢い渡り鳥である。

今日はどうしているかな？

あのツバメの巣が気になって、翌日の午後もアーケード名店街を歩いた。

美容室の隣にあるお茶の老舗のご主人が歩道に出て来たので、しばらくベンチに腰を下ろし、一緒に軒下の巣を見上げながらおしゃべりをした。

ご主人の話によると、ツバメが巣づくりに取り掛かったのは、5月末のことらしい。

どこからか泥や藁クズ、枯れ草などを運んできて、左官屋さんのように唾液でこねて軒下に塗り始めた。

ところが、せっかく塗った泥が途中で壁から剥がれ落ちてしまった。

もうだめか。久しぶりに巣づくりしたのに、これで万事休すだ……

そう諦めかけていると、ツバメは翌朝から再び巣づくりの作業にとりかかり、数日前、立派なマイホームが完成したのだという。

お喋りをしている私たちの目の前に突然、弧を描いてツバメが現れた。

そして、すぐに巣の中に入り、居心地を確かめるようにしばらくじっとうずくまっていた。

「ああ、あれはもう、卵を産んでいるはずだよ。きっとヒナたちを温めに来たんだ」

ツバメは1日に1個ずつ、数個の卵を産み、ひと夏に2度子育てをする。

なにしろ、こんなに小さな鳥が東南アジアから海を隔てて５０００キロもの長旅をするのだから、途中で命を落としてしまうツバメも少なくないだろう。

お茶屋のご主人の話によると、以前、ツバメはアーケード名店街の軒下に5、6ケ所もの巣をつくり、朝から夕方まで、それは、やかましいほど賑やかだったという。

店の軒先にツバメが巣づくりするのは、商売繁盛で縁起がいいと、商店街の人たちはツバメたちを歓迎し、温かく見守ってきた。だから、ツバメたちは自由に繁殖できた。

しかし、ツバメの子育てはいま、少子高齢化に悩む人間社会と同じように受難の時代を迎えている。

日本野鳥の会では、将来、生息数が減る可能性が高い、と心配している。

ひとつの巣から5、6羽のヒナが巣立っても、子育て環境が悪くなっているからだ。ツバメを愛する市民の観察調査では、ヒナが孵るのは都市部や市街地で平均4羽を割ってしまっているそうだ。

天敵に襲われたり、この頃は巣から落ちてくるツバメの糞に愛想をつかし、巣を撤去してしまったりする人が少なくない。

それに、河川の護岸がコンクリートで固められ、巣づくりのための材料となる泥を調達しにくくなった。開発が進み、葦が生い茂る原っぱも少なくなっている。

　燕雀いずくんぞ鴻鵠の志を知らんや

どんなに小物扱いされようとも、せっせと子育てに励むツバメたち。

人びとはその姿に心が温まり、生きる歓びを感じる。やっぱり、ツバメは人間社会に欠かせない季節のアイドルである。

あの軒下で、そろそろヒナが孵《かえ》るころだ。（16・07）

一理あるということ

この夏、知り合いや友人から、現代の医療と医学について書かれた本を3冊送っていただいた。

医療に関する本といっても、専門的な知識を必要とするような難しい、込み入った内容のものではない。

医の知識が乏しい私たちのような一般の人が読んでも理解できるように、平易な文章で綴られている。だから、とてもわかり易い内容の本だ。

30度を超す猛暑の昼下がり。

明るい風通しのいい畳の和室で座布団を枕にして寝転び、心地よい風鈴の音色を耳にしながら、3冊とも気楽に読み通すことができた。

東京・神楽坂で内科クリニックを開業している高校の後輩の医師が、夏休みにご夫妻で北海道富良野のラベンダー畑を訪れた際に買い求めたという、おいしいチーズケーキと一緒に、医師の治療に対する考え方が対立する2冊の本を宅配便で送ってくれた。

1冊は、「医者に殺されない47の心得」という題名の本。

著者は医学界の異端児とも呼ばれ、マスコミにも登場している、慶応大学医学部の近藤誠医師である。

近藤医師は、乳がんの治療で乳房温存法をいち早く導入し、患者に治療法を説明して本人同意のうえで治療するというインフォームドコンセントなどを取り入れている。また、がん治療の先駆的な考え方を広く一般に啓蒙し、その功績で2年前に、「菊池寛賞」を受賞した。

もう1冊は、「抗がん剤は効かないの罪」と題した、言わば、近藤医師の考え方に真っ向から反論する内容の本である。日本医科大学腫瘍内科の勝俣範之医師が書いている。

本を送ってくれた友人の手紙の最後に、こんなことが書き添えてあった。

「もちろん、われわれは後者の立場でありますが、前者の言い分にも一理あるかもしれません」

その手紙を読んで、「一理あるかもしれない」、という言葉に、私は強いこだわりをもった。

「がんは切らずに治る」「抗がん剤は効かない」「健康診断は百害あって一利なし」――

毎年、健康診断を受けてその結果に一喜一憂してしまい、病気や医療のことを十分に知らない私たちでも、

それって、本当だろうか……

と、耳を疑いたくなるようなこと、多くの医師たちが読んで憤慨するようなことを、近藤医師は平気でズバッと書いている。

がんの放射線治療を専門とする近藤医師は、自身の長年の現場の経験と研究を支えに、

「がんほど誤診の多い病気はない。がんの9割は治療するほど命を縮める。放置するのがいちばんいい」

と、信じられない、否、信じたくないことまで大胆に言い切っている。

こうした近藤医師の考え方に対し、勝俣医師は患者と医師のコミュニケーション不足が原因となって、世の中に医療への根強い不信感が広まってしまったことを認めたうえで、

「近藤さんはがんの治療について、さまざまな選択肢があることを世間に知らしめたことは評価できると思う」という。しかし、その一方で、

「一面的で、偏った、極端な主張をされている点で、がん患者に多くの誤解と、混乱や不安をもたらしているのではないか」

と、問題点を上げ、近藤さんの対応を危惧する。

とくに、近藤医師が主張する「がん放置治療」について、「すべてのがん」ではなくて、「一部のがん」とすれば、科学的、医学的に正しい表現になるのではないかとも指摘する。

そして、結論としてこう警鐘を鳴らす。

「近藤医師の主張は、部分的に評価できる。だが、治る可能性のある早期がんに対し、積極的な治療を進めずに放置してしまうとしたら、がんが進行してしまい死に至る危険性がある。放置するのは、医学的、科学的さらに倫理的にも問題がある」

主張が異なる２冊の本を読んだあと、私が率直に感じたことは、患者の立場である私たちが、現代社会では病気や医療に対して正しい情報を得ることがきわめて難しい現状に置かれているということである。

その意味で、健康診断は意味のない行為だと、一つの大切な医療情報を否定するのは納得し難い。

勝俣医師がいみじくも指摘するように、医療の専門家の側から一般社会に向けて、「もし、がんを発症したらどうするか」という問いに正確な情報を発信していないのではないか。

そのために、がん患者たちは藁にもすがる思いが募り、さまざまな医学、医療情報に振り回されてしまう。

この２冊の本を読み終えたあと、農村医学の研究者でもある信州の友人から「現代に生きる若月俊一のことば」という、こちらも読みやすい、肩の凝らない本が送られてきた。

若月さんは地域医療の先駆者として、長い間、多くの人に知られてきた。

終戦の年の１９４５年（昭和20）に長野県佐久地方にある佐久病院の外科医長として赴任

され、8年前に96歳で亡くなられた。

若月さんは亡くなるまで医療現場に立ち農村医学と医療、健康管理に貢献された。

そのときどきに発してきた若月さんの言葉は重く、読む側の胸に強く響くものがある。例えば、こんなことが書かれている。

「いまの医学は、病気を診るが、病人を忘れてしまっている。患者の社会的立場や経済的負担、精神的な闇を無視して、検査の結果だけで診察してしまう。医師たるもの患者の背後にあるものを知らなくてはいけない」

そして、こうも語っている。

「私どもは知らないうちに、患者に威張った態度をとっていないか。医療というものは何なのか。科学性のみに頼り、人に冷たすぎる。患者を人間的に扱うには、医者のほうに人間的な感情がなくてはいけない」

近代の医学、医療技術の進歩が、皮肉なことに医師と患者の人間関係を疎遠にしていることを、現場の医師として肌で感じて来た言葉だろう。

私自身の体験でも、病院に行って診察してもらうと、一に検査、二に検査で、検査漬けにされてしまう。患者と向き合って、患者の話に十分に耳を傾けてくれる医師は少ない。

数年前のこと。人間ドッグの検査の結果、消化器の機能の数値が基準を超えていたことから、次々と、最新鋭の医療機器の前に立たされた。

それはまるで医療現場の拷問だった。

重大な病巣を見落としてもらっては困る。だからと言って、医療機器にだけ頼ってしまうのも問題があるのではないか。

検査漬けの医療に振り回された思いで、たまらず、途中で逃げ帰った体験がある。病院と医師は高価な医療機器を休ませることなくフル稼働させたいのだろう。

人のよさそうなやさしい町医者だって、

「しばらくこの薬も飲んでみたらどうかね」

などと言って、さりげなく薬をたくさん処方する。

机の引き出しは、不要になり期限切れになった薬があふれてかえっている始末だ。

近藤医師は、「一度に薬をたくさん出す医者を信用するな」とも言い、いまの日本で、大人がかかる病気は、そのほとんどが老化現象に起因するものだと指摘している。

そうした近藤医師の言葉には、「確かに、そう言えるのではないか」と、頷けるものがある。

昔、「仁術」といわれた「医」の世界が、「科学」と「算術」だけになってしまったら寂しい。

「一理ある」という、あの友人の医師の言葉は、医の良心を指しているのだと、いま、改めてその意味を噛みしめている。（14・10）

親を騙すじゃねぇ！

寝静まった深夜。リビングの電話が鳴っている。

こんな夜中に……一瞬、不吉な予感が走った。

寝床で朦朧《もうろう》としながら体を起こし、隣のリビングルームに辿りつき受話器をつかんだ。

「もしもし……」

「お父さん？　俺だけど……」

相手は息子だった。

「どうしたの？　こんな夜中に……」

「うん、実は具合が悪くてさ……耳の下にシコリができて喉が痛いんだよ。熱を測ったら38度5分あるんだ。オレ、もしかして癌かなあ……」

不安そうな、沈んだ声だった。

「それに、下痢をしていてさぁ、パンツとズボンを汚しちゃって、洗濯したんだけど、ズボンと一緒に財布と携帯電話を洗濯機に入れちゃって携帯が使えなくなっちゃったんだ。会社の携帯を借りてきたので、いま、番号を言うからメモしてくれないか」

暗闇の中で手探りして、電話台の引き出しから急いで鉛筆を取り出し、新聞広告の裏に電話番号を書き留めた。

そのとき、急に立ちくらみがしてたまらず床にしゃがみ込んだ。

真夜中に突然起こされ、しかも、息子が病気だという気がかりな知らせに、精神的ショックを受けてしまったらしい。

遠くから声が聞こえてきた。

「お父さん、いま言った携帯の番号を復唱してみてくれないか」

吐き気をこらえ、やっとの思いで声を絞り出した。

「携帯の番号はメモしたよ。急に貧血を起こしちゃってさ、立っていられないんだ」

一瞬、間を置いて息子は言った。

「わかった。じゃあ、明日、病院に行ってくるよ。夜中に起こしちゃって悪かったね、お父さん……」

気遣うような言葉を遺して電話は切れた。

リビングの灯りをつけて時計をみると、午前零時を過ぎていた。

寝入っているカミさんを起し、息子との電話のやり取りを伝えておいたほうがいいだろうか。ちょっと迷った。

しかし、ことがことだ。熟睡しているところを起こし、息子との電話のやりとりを伝えてから布団に潜り込んだ。

翌朝。朝食のテーブルで、カミさんが尋ねてきた。

「夕べの電話のことだけど、もし深刻な病気だとしたら何かお手伝いしなくてはいけないかもしれないわ。もう一度、今朝の体調はどうなのか聞いてみてくれない……」

昨晩、すっかり落ち込んでいた息子の気持ちを思うと、追い打ちをかけるようで、あえて聞きたくはなかった。

しかし、カミさんの言うことも一理ある。

そう思い直し、携帯電話ではなく自宅の固定電話にかけた。

すると、電話口に出た息子は、昨夜とは全く別人のようではないか。気落ちしているどころか、大声で笑っている。

「ええ？　それどういうこと。オレ、電話なんかしていないぜ。お父さん、悪い夢でも見てどうかしちゃったんじゃないの……」

受話器をもったまま私は仰天した。キツネにつままれたように、しばらく言葉が出なかった。

昨夜、電話してきた男は、声といい、喋り方と言い、それに雰囲気も息子だと信じて疑わなかったからだ。

老人を標的にしたオレオレ詐欺は、次々と手口を変えエスカレートしているらしい。特殊詐欺事件のニュースを聞くたびに、

「世の中の老人はなぜ簡単に騙されてしまうのか。不思議だね」

「そりゃあ、みんなお金を持っているからだよ。その点、うちは金がないからね」

などと、まさか詐欺に巻き込まれ、騙されることはないだろうと、高をくくっていた。それなのに、真夜中の電話でコロッとやられてしまった。

深く反省しながらも老人を騙して金銭を巻き上げる詐欺グループに怒りが込み上げてきた。

よし、男をつかまえよう。

昨夜の男はきっとまた、電話してくるに違いない。今日は勝負に出てくるだろう。

それなら、こちらは騙された振りをして詐欺の手口をつかみ、警察の捜査の手がかりにしてもらおう。そう決めて気持ちを入れ直し、男からの電話を待った。

リーン……リーン……

正午前、電話が鳴った。あの男だろう……受話器を耳に当てた。

「あ、お父さん、いま、病院に行ってきたよ」

あの男だ。冷静に意識を集中した。

「それで、どうだった？」

「うん、それがさあ、急性胃腸炎だって……とりあえず、点滴を打ってもらってきたよ」

「そうかい。大したことなくてよかったなあ。安心したよ」

作戦通り、騙された振りをした。

しかし、途中で演技をするのが馬鹿らしくなった。同時に、怒りを抑えきれなくなった。

「ところで、どこの病院に行ったんだい？」

そう問いただすと、
男はそんなことを聞かれるとは予想もしていなかったのだろう、一瞬、沈黙したあと、

「K病院だよ」

「その病院は何処にあるの？」

そうたたみかけると、男は言葉に詰まりすぐ言葉が出てこない。

「この電話、聞き取りにくいんだよ。お父さん、夕べ教えた携帯の番号に電話してよ」

そう言って、慌てて電話を切った。

受話器を置くと、私はすぐ仕度をして警察署に向かった。

真夜中の電話で熟睡しているところを突然起こされ、まだ意識が朦朧としているので判断

力が鈍い。

男は明らかに、そこを狙ったのだ。もし、あのまま騙され続けていたら、どんなドラマが展開したのだろう。

詐欺グループはいくつかのシナリオを準備し、こちらの反応を探りながら、用意周到に間合いを詰めて来るに違いない。

「詐欺の手口が巧妙になり、このごろは信頼関係を築いて安心させ、それから犯行に及ぶケースが増えているんです」

沼津署のベテラン捜査員はそう言って、私から昨晩の男とのやり取りや状況をこと細かに聞き取り、メモしていた。

老人はなぜ、いとも簡単に特殊詐欺の被害に遭ってしまうのだろう。

地域社会が高齢化し、ご近所さんとのお付き合いも薄れている。それをいいことに、老人の虎の子をまんまと奪い取る詐欺事件は手を変え、品を替え、いっこうに衰える気配がない。

私の思わぬ体験から、人はいきなり衝撃的なことを聞かされると、途端に冷静な判断力を失ってしまうことがよくわかった。詐欺グループは、そうした人間の心理を巧みに突いてくるのである。（18・02）

ことばの贈りもの

この秋は、思いのほか忙しい日が続いた。

浄土真宗真楽寺のご住職、勧山弘先生のことである。

「なあーに、これくらいどうってことありません。こうして無事にこなすことができたのも、兎にも角にもみなさんのお陰です」

先生はちょっと謙遜し、さりげなく、そうおっしゃる。

しかし、96歳という高齢を思うと、その超人的パワーには、ただ驚くばかりである。

戦後、出征した中国大陸から帰還し、ご自身の人生をかけた献眼（アイバンク）運動で、晴れて授章された春の叙勲の祝賀会が9月末、沼津市内のホテルで開かれた。

祝賀会のあと、ひと息つく間もなく三重県四日市市で開かれた日本アイバンク運動推進全国大会に出かけられ、壇上で2時間、立ちっぱなしで講演された。

相次ぐ大きな行事で、先生は多くの人たちに心を尽くした言葉で「感動」を贈りたいと考えていたようだ。

叙勲の祝賀会には、県内はもとより北海道から九州に至るまで260人が駆けつけ、先生の栄誉を心から祝福した。

叙勲というのはさまざまな分野で、その人が社会にどんな貢献をされたのかが問われるのは言うまでもない。

それに加え、授章された方々の長年の努力や人格、哲学によって多くの人びとが心から尊敬し、ともに生きる喜びを分かち合うことでいっそう感慨深いものになる。

そんなことを改めて感じさせる祝賀会だった。

せっかくの祝賀会を、ただ祝福されるだけの通り一遍の催しにしたくはないというのが、先生の偽らざる気持だと、私は思っている。

先生はこの祝賀会で、大勢の人びとに感謝の気持ちを込めてお礼を述べ、心に沁みる言葉のお土産を持ち帰っていただきたいと願っていたようだ。

だから、型通りではなく、ちょっと趣のある祝賀会でもあった。

祝辞に続く花束と記念品贈呈のあと、先生はこれから挨拶する演壇に大きな白板を持ち込んだのである。

その白板に、マジックペンで言葉を書き連ねながら異例の講義に及んだ。

こうした祝賀会の式辞で、こんな風変りな試みをするのは後にも先にも聞いたことがない。

祝賀会場に全国から集まった人たちを前にして、先生は浄土宗の開祖、法然上人の「要義問答」を白板に書いて、人の世のはかなさと無常観を説かれた。

　無常のかなしみ　目の前にみてり
　さかえあるもの　ひさしからず
　いのちあるもの　又うれいあり

先生ご自身は、鎌倉時代から７８０年続く古刹、真楽寺の24代住職を去年まで勤めてこられた。

「私どものような末寺の長い歴史を振り返ってみても、山と谷のくり返しでした」

と、話を切り出した。

貧困と孤独の生涯を生きた小説家、林芙美子の「花の命は短くて、苦しきことのみ多かりき」の名言を借り、自身の人生も「順風のときは短く、逆風のときのほうがはるかに長かった」と振り返った。

プロ野球の世界で15年にわたり活躍された選手が、自身の引退会見で、「現役生活は苦しいことばかりでした」と語っていたのを思い出す。

気楽な稼業と言われるサラリーマンにしても、記憶に残るのは辛いことの方がはるかに多いはずだ。

私自身、半生を振り返ってみても、辛く、苦しく、悲しいことのほうが記憶に残っている。それがまた、懐かしい思い出にもなっている。

世の中は時々刻々と変化してゆく。

すべてのものが輪廻転生するこの世の中で、法然上人の教えはいつの世にも変わらない真理である、と先生は説いた。

さらに、鎌倉時代末期の歌人、兼好法師が書いた「徒然草」の１５５段もひもといた。

　四季はなお定まれる序《じょ》あり
　死期は序を待たず
　死は前よりも来たらず
　かねて後ろに迫れり

四季の移り変わり、春夏秋冬はその年によって多少ずれることはあっても順序が変わることはない。けれども死期に順序はない。

それに、この世は「生老病死」という言葉があるように四苦の世界である。生きる辛さ、老いの孤独、病の苦しみ、そして死の不安……

ままならない世の中を生きてきて、なによりも大切なことは「善意」と「思いやり」ではないかと、先生は語った。

仏教には「無財の七施」というものがある。

「和顔施《わげんせ》」といえば、笑顔で人に接すること。にこにこ笑えば人の気分を和やかにするお布施になるという。また、「身施《しんせ》」は自分の体を使い、人のために奉仕することである。

そして、「言施《ごんせ》」。言葉を尽くして相手を慰め、勇気づけることだ。「心施《しんせ》」といえば、他人を思いやることである。

そして、人びとに温かい思いやり施すのは「心慮施《しんりょせ》」という。

先生が戦後、中国大陸から復員して間もないころから、ご自身のライフワークとして長い間続けて来られた、目の不自由な人びとを救うアイバンク運動の核心はそこにあると、改めて思った。

いま、自分が考え行動していることが、社会や人びとの役に立つ「善」であるか。そこに「私心」はないか。

そのことを、ずっとご自身に問い続けて来られた。

先生は長い間、毎日午前1時、2時、ときには夜明け間近の3時、4時まで起きて無常の風を感じながら、ものごとの本質を静かに、深く考えて過すことを日課とされている。

大衆の中に身を置いて生き、さまざまな社会奉仕をして来られた先生にとって、静けさが深まってゆく夜のしじまは、ご自身に人間としての存在意義を問いただす、時空を超越した世界のようにも映る。

四日市のアイバンク運動推進大会で、先生は社会奉仕の意味と大切さを渾身の思いを込めて訴えられていた。

「人間誰もができる社会奉仕が献眼である。目の不自由な人のために、自分の人生を終えたとき、角膜を次の世代に残すのは人類のための世界遺産ではないだろうか」

先生とライオンズクラブの仲間は、戦後の日本社会に善意と思いやりのタネを撒き、長い歳月を経てひとつの価値観をもつ「文化」に育てあげた。

これこそが、献眼運動発祥の地である沼津が世界に誇るべき精神文化であり、人類の遺産だと、私は確信している。

「人は生きているうち、動けるうち、日が暮れぬうちに、社会にどれだけ奉仕をしたか。これに極まるのではないでしょうか」

この秋、勧山先生が多くの人びとに贈った言葉である。

その言葉の力を信じ、言葉を大切にして生き抜いて来られた先生の秋は、いま錦秋に彩られ、日々深まっている。（15・11）

浄土ヶ浜の夜明け

白い灯台が見える陸中海岸・浄土ヶ浜のホテルで、波穏やかな朝を迎えた。

昨夜のことだった。

「お客さま、このお部屋の窓からは、とっても美しい朝日を拝むことができるんですよ」

部屋で夕食を済ませたあと、座椅子にもたれひと息ついていると、御膳を片付けに来た部屋係の若い女性がそう話しかけた。

「ここにお泊りになられた方たちは朝日をご覧になって、みなさん感動されてお帰りになります。明日の日の出は5時5分ですからね……」

その女性は念を押すように言い置いて、お膳を抱え部屋を出ていった。

厚いカーテンを閉め切った、真っ暗な部屋の中で突然、目が覚めた。

夜明けの気配を感じ、あわてて跳び起きた。

意識はまだ朦朧《もうろう》としていたが、ずっしりと重いカーテンを力いっぱい開け放ち、瞼をこすりながら水平線の彼方に目をやった。

朝日は昇っていなかった。

どんよりとした鉛色の空と海が混然一体となり、視界の先にアカマツが密生する白色流紋岩の小さな島影がいくつも連なっていた。

このごろ、月日の経つのが早い、と感じている。東日本大震災からもうかなりの月日が過ぎてしまった。

震災の犠牲者は１万５８９０人にのぼる。２６００人近い人たちが未だに行方がわからないままだ。

想像をはるかに超える巨大な津波に呑み込まれ、多くの人たちの命が奪われた。人びとが暮らしていた家も流されてしまった。

私が被災地の三陸地方を訪れたのは、この日が初めてだった。

あの日から繰り返しテレビに映し出される耐えがたい惨状に圧倒されて、身がすくみ、正直、被災地に足を運ぶのをためらっていた。

家族や家を失った人びとのために肉体的、精神的な奉仕をし、寄り添う覚悟がなくては、被災地を訪れても単なる野次馬的な傍観者に終わってしまうのではないか。

内心、そんなことを危惧して、この日まで一歩足を踏み出せないでいた。

被災地を訪ねてみたいと思う人は少くなくないだろう。でも、暮らしの惨状や人の不幸をただ目にするだけなら、後ろめたい気がしてしまう。そんな漠然とした思いが胸のどこかに引っかかっている人も少なくないだろう。

作家の池澤夏樹さんは、「文明の渚」という本の中でこんなことを言っている。

「ぜひ、被災地を見てほしい。日本人はみんな当事者だ。震災の直後は高みの見物に来ないで、という感情はあったかもしれない。しかし、落ち着いた今は、ガレキの山は、見ておいてもいい光景だと思う」

多くの人びとが被災した現場を目にすることで、自分も当事者だと考え、共有できるものがあるのだと池澤さんは考えている。

空前絶後の災害にあった東北沿岸部の復興事業がかなり進んできたという新聞記事を読み、現地に足を踏み入れた。この目で事実を確認しようと、私はようやく決意した。

釜石から宮古まで運行していたJR山田線がいまも不通になったままなので、2時間ほどかけて国道45号線を路線バスに揺られて北上した。

巨大な製鉄工場の前にあるJR釜石駅前にも津波が押し寄せ、膝の辺りまで海水に浸かってしまったと、バスの運転手が話していた。

海辺の山田町に向かう路線バスは鉄道が使えないので、通学の高校生や買い物袋を下げた地元の主婦、マイカーを運転できない老人たちで車内はかなり混み合っていた。

釜石市─大槌町─山田町─宮古市と沿岸を走るバスの車窓には、津波の深い爪痕を残す茶褐色の土の風景が果てしなく広がっている。

その沿岸には何百台もの黄色や緑色のブルドーザー、ショベルカー、トラクターなどが慌ただしく動き回っていた。

津波で破壊された街を再生するためのかさ上げ工事である。釜石市や大槌町では復興工事は半分ほどまで進んでいるという。

しかし、こうした大掛かりな工事をして、被災者たちの生活基盤が整備されても、果たしてどのくらいの住民が再びここに戻って来るのだろう。

少子化と高齢化が進み、働き盛りの若い人たちの人口流出は今なお続いている。その流れを堰き止めることができていない。

一兆円近い資金を投じて建設している防潮堤は、総延長が４００キロにも及ぶ。だが、すでに多くの住民は高台に移転し、新しい住宅で再起を図っている。

そうした現実を考えると、大掛かりな復興工事は、ちょっとちぐはぐな実態をさらしているようにも映った。

ＪＲ山田線は、２０１９年春には、第三セクターの三陸鉄道として開通する予定だ。線路には背丈の伸びたぺんぺん草が一面に線路を覆っていた。

漁業が盛んな山田湾には、ホタテやアワビ、カキの養殖筏《いかだ》が広がり、少しずつ生産と暮らしの活力を取り戻しているようだ。

海岸近くには、４階建ての新しいマンションがいくつも建ち並び、ベランダでは洗濯物が風になびき、人影もあった。

山田駅前で乗り換えたバスは、しばらく深い山あいの道を走った。

津波の被害を受けた岩手県立山田病院が緊急措置として建てた仮設の診療所が国道のわきにあり、駐車場にはたくさんのマイカーが並んでいる。

遠い町や村から病院通いをしているのだろう、同じバスに乗っていた５、６人のお年寄りもこの停留所で降りていった。

バスが宮古市街に差しかかったとき、通りに沿ったビルのカベの高さ３、４㍍ほどのところに、押し寄せた津波の位置を示す目印がついている。それは、想像を超えるほどの高さで、改めて津波の脅威を感じた。

ＪＲ宮古駅前で、バスの運転手や駅員、売店の女性たちにあの日のことを尋ねてみた。しかし、みんな口が重い。やはり、災害を受けた人びとの心の傷は癒されていない。

夕闇が迫るころ、浄土ヶ浜の近くでバスを降りた。急な坂道を重い荷物を抱えて登ってゆくと、ときならぬ激しい夕立に見舞われた。

ずぶ濡れになりながら浄土ヶ浜のパークホテルに駆け込んだ。大勢の観光客を乗せてやって来た大型の観光バスが玄関前に何台も並んでいる。

夕食を済ませた夜8時過ぎ、ホテルの一室で、「3月11日　忘れられない時を超えて」と題した語りの会が開かれた。ホテルの防災担当者が、あの日の衝撃と混乱の有りのままの事実をビデオ上映しながら宿泊客に語ってくれた。

パークホテルは宮古市の中でも漁師が多く住んでいる鍬が埼地区の海抜50メートルほどの高台にある。

この辺りは入り組んだリアス式海岸で、津波が発生しやすい。事実、三陸海岸は明治29年と昭和8年。それに35年に大津波による災害の歴史を繰り返してきた。

「大地震のあとには必ず津波が襲ってくる。大地震が起きたら、何をおいても近くの高いところへ逃げろ」

沿岸の住民たちは、津波を経験している古老たちが昔から言い伝えて来た教訓を守ってきた。東日本大震災があった日も、多くの人が全てを放り出し、急いでこのホテルに避難してきたという。

宮古市内は停電して、その夜は漆黒の闇になってしまったが、ホテルには災害用の大きな発電機があり、灯りがともっていた。

「何よりも大切なのは命です。トン汁とおにぎりの炊き出しから住民の寝泊まり、安否確認などに全力を上げました。命あっての復興ですから……」

語り部役のホテルの防災担当者は、力を込めて、そう話を締めくくった。

ホテルのロビーには、住民の安否確認の掲示板が置かれ、翌日には、自衛隊がやってきて飲み水を提供した。そして、数日後には風呂を沸かすこともできたという。

津波被害に遭わなかった山間部の住民から食べ物や、衣類が次々とホテルに届けられ、市民同士が助け合う姿も見られた。

この語りの会に参加してみて、震災が発生しておよそ1か月間、ホテルが果たした人命救助の役割の大きさを知ることができた。

翌朝。食事の前に、浄土ヶ浜の白砂の浜辺を歩いた。

そこには何ごともなかったように穏やかに波が寄せては返し、美しい白砂の風景が広がっていた。

夕べのビデオに映っていた樹木や、漂流物が散乱する浜辺と海は、いま、三陸復興国立公園として美しく蘇っている。

浄土ヶ浜の爽やかな風に吹かれ、被災地を訪ねてよかった、と思った。(15・11)

ピアノが嫁いだ日

つゆの季節にしては、爽やかな午後だった。

長いこと連れ添ってきたピアノが「さよなら」も告げずに、そそくさと身支度を整え、棲みなれたわが家を出ていった。

家族がそれぞれの思いや愛情を注いで心を通わせ、可愛がってきたわが家のピアノ。

だが、その家族も子供たちが一人去り、二人去りして、静かな暮らしのなかで日々、老いを重ねる夫婦だけになってしまったいま、それは、過ぎ去った日の想い出に過ぎない。

ピアノはあの頃のように楽しく、やさしい旋律で日常を豊かに彩ってくれる、「暮らしの泉」ではなくなっていた。

ひだの付いた、お洒落な水色のワンピースを着せられ、古ぼけたリビングルームを彩るささやかな装飾品。会話のない静かな日々を無為に過ごしているように映った。

アップライトのピアノが初めてわが家にやって来たのは、もう30年も昔である。

その頃、私たち家族は静岡市内で暮らしていた。

小学6年生になったばかりの娘が、ある日、学校から帰るなり母親に甘えてせがんだ。

「友だちがピアノを習っているので、私もピアノを弾けるようになりたい。お母さん、ピアノを買って……」

娘にいきなりせがまれた私たち夫婦は、思案投げ首の日々が続いた。

まずはマイホームが欲しい。そうなれば、多額の住宅ローンを抱え、高い利子の返済金を払い続けていかなくてはならない。正直、ピアノを買う余裕はない。けれど、世の中にはまだバブル景気の余韻が漂っていて、イケイケの掛け声も聞こえてくる時代だった。

そんな世間の風に背中を押され、無理を承知で娘の願いをかなえてやることにした。

真新しいピアノが届くと、娘は大喜びで鍵盤をたたいた。間もなく、私が東京へ転勤し、一家は通勤可能な沼津市にマンションを購入して、移り住んだ。

近所にピアノの先生がいて、レッスンに通い始めた娘は、すっかりピアノと仲良しになった。

私が休みの日。まだ覚束ないけれど、隣の部屋から弾んだピアノの音色が聞こえてくると、仕事の疲れも癒された。

だが、そんな日常風景もつかの間のことだった。

高校、大学進学と、受験勉強に追われるようになると、いつの間にかピアノは娘から愛想をつかされ、向き合おうともしない家族からも置き去りにされたまま孤独な日々を過ごすようになった。

大学に進学した娘は、もうピアノを気にかける風もなく、やがて沼津を去っていった。たまに、長い休みの日に帰って来ても、ピアノの存在を忘れてしまったかのように、相手にしてやることもなかった。

寂しそうなピアノを見かねたのか、娘に代わって母親が50？の手習いでピアノに近づき、午後のひととき気ままに遊んでやるようになった。

先生に習うでもなく、まったくの自己流だ。上達を期待するのは初めから無理だった。

それでも、「習うより、慣れろ」である。

ピアノと向き合っているうちに、「みかんの花咲く丘」など、北側の四畳半の部屋から童謡や唱歌の旋律が聞こえてくるようになった。

そして大胆にも、シャンソン歌手の越路吹雪が歌う「愛の賛歌」に挑み、欲目かもしれないが、結構、いいセンまで上達した。

それに気をよくしたのか、そのころ流行っていた美空ひばりの「川の流れのように」にも挑戦した。

「ほう、やればできるものなんだ……」

その上達ぶりに、ちょっとびっくりしながら、流れてくるメロディーに誘われ、私も鼻歌を歌うようになった。

もう、誰も相手にしてくれない、孤独になってしまったピアノがある日を境に息を吹き返すなんて、思いもよらないことだった。

復活のスポットライトを浴びたピアノは、見違えるように元気になり、再び、わが家に美しい旋律が彩る日々が蘇った。

だが、その喜びもつかの間のことだった。

人間は所詮、気まぐれな生き物である。わが家の専属ピアニストはある日を境に突然、浮気をしてしまった。

自分の才能に限界を感じたのか、それとも飽きてしまったのか。ピアノにそっぽを向き、それまでのように真摯に向き合って相手にする姿は見られなくなった。

そして、知らぬ間に、ピアノから電動ミシンに乗り換え、いまは和服を洋服に仕立てるリフォームに夢中になっている。

2年ほど前の秋のことだった。

学生時代の友人が夫婦でわが家を訪ねてきた。その奥さんは、音大を出たピアニストで、いまも東京でピアノ教室の先生をしている。

「あら、ピアノがあるじゃないの……」

そう言うなり、勝手にカバーをはずし、椅子に座ってピアノに向き合うと、いきなりクラシックの曲を滑らかに弾き始めた。

「もう何年も弾いていないので、音程が狂っているでしょ？」

ピアノは、高度なややこしい曲とのお付き合いに、さぞや戸惑ったことだろう。

妻が恥ずかしそうに言い訳をすると、

「そうねぇ」

と、ひと言返して軽く受け流し、鍵盤に置いた指を滑らかに走らせていた。

それからしばらくして、ピアノに突然、別れの日がやって来た。

5月の連休が明けたころ、首都圏に暮らす長男のお嫁さんから、

「あのピアノのことですが、譲っていただけませんか。子どもに習わせたいんです……」

それを待っていたように、妻は、

「ええ、差しあげますよ。どうぞ使ってください。引き取ってくれればありがたいわ」

これ幸いとばかりにふたつ返事で、ピアノの新しい旅立ちを歓んだ。

ピアノは、背丈が130、横幅150、奥行き60センチほどある。スリムだが、体重は240キロと、想像以上だ。角界で最も重い関脇の逸ノ城（226キロ）を上回る重さである。

その日。2台のトラックがやって来た。

1台はクレーン車。もう1台は輸送用の中型トラックだった。

私たちは、長い間、ピアノの背中に積もった埃を掃除機で吸い取り、ぬれ雑巾を固く絞って体を拭いてあげた。それを眺めていた作業員は、

「まだ、きれいなピアノじゃないですか」と、ひとこと言った。

マンションの4階から、どう運び出したらいいか。作業員たちはしばらく考えていた。

小さなマンションなので、エレベータも小型である。

「このエレベータでは小さ過ぎてピアノは入りませんね」と、若い作業員は言った。

そうなったら、クレーン車で吊り上げて下の路上に降ろすしかないか。確か、引っ越してきた時も、クレーン車で吊りあげ、なんとか部屋に入れた記憶がある。

だが、マンションの構造から、廊下の空間が狭く危険が伴う難しい作業だと、彼らは渋った。

ああでもない、こうでもないと、しばらく検討した末に、体格のいい若い2人の作業員が、ピアノを抱っこして階段を降りることになった。

「ソーレッ」

気合を入れると、ピアノを縦にして持ち上げ、64段の狭い階段を、「ヨイショ、コラショ」と掛け声をかけ合いながら、1歩、また1歩と、慎重に降りていった。

手際よくピアノを無事にトラックの荷台に収めると、３人の作業員たちは、差し出したボトルの水を一気に飲み干した。

そして、腕時計に目をやると、ひと息つく間もなくピアノをさらっていくようにトラックとクレーン車に飛び乗り、急いで立ち去った。

ピアノがいなくなった部屋は広々としていた。

だが、気が抜けたように、文化の香りや生活の味わいが失われ、秋風が吹いているような物寂しい空気だけが漂っていた。

「なんだか、急に寂しくなっちゃったわね……」

「そうだなあ……」

夕食のテーブルには、干物になってしまったような老夫婦の深いため息が漏れ、部屋の中は想い出が通り過ぎて、いつになく湿った、長い夜だった。

老いるということは、この世に存在するあらゆるものを一つひとつ、失っていくことなのだろうか。

もし、それが人間の宿命だというなら、これからの人生、せめて、「老いの美学」を身につけて生きていくしかない。（19・06）

一枚の風景写真

残暑が厳しい昼下がり。

ふと、思いついて、何年も押し入れに仕舞ってあった古いアルバムの整理を始めた。

しばらくすると、懐かしいスナップ写真が出て来た。大きさは手のひらサイズ。だいぶくすんでいて、写っている家族も周りの風景も少しぼんやりしている。

格調高い英国の伝統を感じさせる瀟洒な山小屋風の建物を背に、半そで姿の子どもたちが遊んでいる。

まだ30代の働き盛りのころ、夏休みを利用して家族で信州・八ヶ岳高原へハイキングに出かけ、コンパクトカメラに収めたスナップショットである。

この夏、その八ヶ岳高原海ノ口自然郷を40年ぶりに訪れた。

正面入り口の太い梁《はり》に「葵のご紋」が刻まれている、懐かしい高原ヒュッテは昔と変わらず、自然と調和してお洒落な雰囲気を保っていた。

西洋風建築のヒュッテ、元はと言えば、尾張徳川家の19代当主、徳川義親が1934年（昭和9）に東京の目白に建て、家族と一緒に暮らしていた邸宅である。

日本が敗戦の痛手から立ち上がり、高度経済成長に突き進んでいた頃だ。時代に先駆け、新たにリゾート開発に乗り出していた西武・セゾングループが八ヶ岳山麓の広大な牧草地と山林を買い占めて、義親の邸宅を手に入れ、1968年（昭和43）に移築した建物である。

あれから半世紀。高原リゾートのシンボルとして人気を呼んできたヒュッテは存在感を失っていなかった。

義親は学習院大学を卒業したあと東京帝国大学で自然科学を学び、自宅に「徳川生物研究所」を構えて、好きな植物の研究に明け暮れていた。

その後、貴族院議員として政治の世界に飛び込んだが、その人生は起伏に富み、さまざまな話題に彩られている。

30代の若かりしころ、旅をしていたマレー半島で勇敢にも虎狩りに挑戦し、大物を仕留めたこともある。その武勇伝から「虎狩りの殿様」と呼ばれた。

それが転じて、いつの間にか「トラ刈りの殿様」にもなり、日本理髪業組合の会長に推挙されるという、冗談のようなエピソードも残っている。

高原ヒュッテとして再出発したこの邸宅を設計したのは、東京国立博物館や銀座・和光（旧服部時計店）などを手掛け、生涯、近代モダニズムを追求した建築家の渡辺仁さんである。

中世の英国で広まったチューダー様式を取り入れ、急こう配の切妻屋根、むき出しの太い柱や梁と白壁の組み合わせが力強く、いまも品格のあるモダンな雰囲気と、素朴な味わいを失っていない。

使われた木材の多くは、野球の木製バットの材料にもなっている北海道産のヤチダモである。明治維新のあと、尾張徳川家は、職を失い、生活に困窮する旧藩士たちの生活を守るために北海道の開拓事業に乗り出した。そして、カラマツやヤチダモなど良質な木材を手に入れた。

義親の邸宅を移築する際、東京からこの八ヶ岳自然郷に運んだ木材は、実にトラック60台分にもなったという。

1階が応接室と食堂、居間。粗削りの太い柱や梁がむき出しになっていて自然の素朴な雰囲気を醸し出している。2階に義親の書斎とご夫妻の寝室があり、階段の踊り場の親柱にはヒグマが彫られ、お洒落なアクセントとして目を引く。

このヒュッテは当初、ホテルとして利用されていた。

時代は、テレビドラマの全盛期。山田太一原作・脚本で、往年の映画スター田宮二郎が主役を演じる、茶の間の人気ドラマ「高原へいらっしゃい」の舞台にもなった。

現在、ホテルとしては、その後に建設された高原ロッジに主役の座を譲り、このヒュッテは、広東名菜「赤坂離宮」が、行楽客の多い5月の連休と、夏の2か月間営業している。

八ヶ岳自然郷は標高１５００〜１６００㍍の、横岳の東尾根沿いに広がる広大な高原リゾートである。

白樺や落葉松、シラビソなどの森の中に点在するロッジやヒュッテのさらに上に、１５００区画ほどの別荘地が分譲され、今も自然を楽しむ１３００組のオーナーたちが1年を通して利用しているという。

かつて、この一帯は国有林だった。戦後間もない混乱期に、西武鉄道の創設者で、衆院議長も務めた堤康次郎氏率いる「西部王国」に払い下げられた。

私が中学生から高校生になった頃、田舎では、「西武が別荘地にするため八ヶ岳山麓を買い占めているらしい」という噂話を耳にしたことがある。

初めてヒュッテを訪れたとき、周囲は牧草地で、赤岳や横岳の峰々がそびえ、裾野にキャベツやレタス、ジャガイモなど高原野菜畑が広がっていたのを記憶している。

リゾート開発はまず、２００万坪の牧草地に落葉松や樅、コメツガなどの針葉樹、白樺などの広葉樹30万本を植樹することからスタートした。やがて牧草地は深い森に蘇り、ツツジ科のサラサドウダンの群生地としても知られるようになった。

西部王国は、康次郎氏が一代で築いたものであるが、康次郎氏は東京オリンピックが開かれた1964年（昭和39）、76歳で急逝した。

このため西武鉄道を中心とする鉄道グループを堤義明氏、西武百貨店を中核とした流通グループを堤清二氏がそれぞれ継承する。

しかし、異母兄弟だったふたりは互いに反目し合い、確執の中で経営が行われてきたことは広く世間に知られている。

「辻井喬」のペンネームを持ち、詩人、作家でもあった清二氏は西武百貨店、西友、パルコなどの流通グループを生活総合産業に築き上げ、文化、芸術など幅広い事業を手掛けるセゾングループに育てた。八ヶ岳のリゾート開発も、清二氏の経営哲学が色濃く反映されている。

詩人の感性を持った清二氏は八ヶ岳自然郷を、すでに大衆化し俗化している箱根や軽井沢とはひと味違うリゾートをめざしていた。

「清二さんは軽井沢とは違う、広大な自然を生かしたヨーロッパ型のリゾートに育てたかったようですよ」

高原ロッジを管理している年配の従業員たちは、そう口をそろえる。

確かに、ここには商業ファッションを楽しむ若者の姿はなく、自然を愛し、文化、芸術を求める中高年の紳士、淑女たちが主流で、いわば大人の雰囲気を備えたリゾートといえる。

ルリビタキやカッコウがさえずる林の中に、30年前にオープンした美しいデザインの六角形の「高原音楽堂」がある。

こちらは木の温もりが感じられる２５０席の音響空間になっている。

「大自然の中で生演奏を楽しもう」と、サロンコンサートが開かれたのをきっかけに、国内のトップアーティストをはじめ、海外からもリヒテル、ブーニン、キース・ジャレットら世界的アーティストたちがやって来て演奏してきた。

こうして俗化させず、リゾートの品格を保ってきた八ヶ岳自然郷は長い間、多くの人たちから共感を得て、落ち着いた雰囲気を保ち、中高年、いわゆる大人のファンが多い。

しかし、西武王国の拡大路線がバブル崩壊で破たんしてしまうと、順調に推移してきたリゾートの経営も少なからず影響を受け、紆余曲折を経ていまはセブン&アイの傘下にある。

このところ、別荘所有者たちの高齢化が進み、世代交代が少し足踏みをしているのが心配だという。

消費文化の先取りをして華やかに登場したリゾートは人口減少と、高齢化の荒波に、これからどう立ち向かっていくのだろう。

端正な落葉松の道を爽やかな気分でドライブしながら至福のときを過した。

「秋になると、黄葉した落葉松が見事だろうね」

マイカーを降りて、しばらく緑豊かな森の中を歩いた。（17・09）

生まれた日の新聞

ＪＲ沼津駅の近くにある割烹料理店で、高校の同級生と久しぶりに一杯やった。

その友人はいま、隣の富士市に住んでいる。

中学から高校と秀才で通した彼は、東大医学部を卒業して脳神経外科の医師になった。富士宮市にある脳研病院に長く勤務し、古希を過ぎたいまも富士市内の老人福祉施設で医師をしている。

しばらくぶりの再会だった。高校時代を懐かしんで、近況を語り合ったのだが、郷党のよしみもあり、酒と肴は格別の味だった。

酔いが回ると、どちらからともなく「総括」という言葉が口をついた。学生運動が盛んだったころの一時期、大学の構内には「総括」という言葉が氾濫していた。

上州の榛名山や迦葉山の山中で、12人の仲間を次々と殺害し、土の中に埋めた連合赤軍リンチ殺人事件では、殺害の動機に「総括」という言葉が使われていた。

当時、新聞社にいた私は、事件取材のために雪の山中を駆け巡った。私にとって、「総括」という言葉は耳にするのもおどろおどろしく、長い間、胸の内に封印していた言葉である。

「日本人はまだ、あの戦争と戦後の総括をしていないんじゃないか？」

酔いが回った彼は、こう疑問を投げかけた。

「ところで、キミは自分が生まれた日の新聞を読んだことがあるかい？」

突然の問いかけに、読んだ記憶のない私は虚をつかれて口籠った。

それから数日後、図書館に行き、新聞棚から古い縮刷版を探した。

私が生まれた日は、１９４４年（昭和19）５月10日である。長い戦争が終わる１年前だ。戦争を知らない世代であるから、その過酷と悲惨を体験した記憶はない。

農林省の職員で、馬の生産を任務としていた父親はやせ細り、病弱だったので戦地に行かなかった。家族は終戦まで北海道帯広の原野に囲まれた公営住宅で暮らしていたので空襲にも遭っていない。戦地に行った人から聞いた話もおぼろげである。しかし、なんとなく戦争を身近に感じていたのはなぜだろう。

父親の髪の毛と、手指の爪が入った封筒、戦闘帽と編み上げの軍靴が押し入れに仕舞ってあったのを覚えている。父は、最後の最後には召集令状を覚悟していたのだろう。

私が生まれた日の新聞には、大本営が発表した「陸軍４月の航空戦果」という大きな見出しの記事が載っていた。

――「屠る７１６機　我方の損害１７５機」の見出しが躍っている。

屠《ほふ》るとは、敵を打ち負かすという意味だろう。別の新聞も日本軍の優勢を伝えていた。

その記事を目にしたとき、しかし、ちょっと待てよ……と、思った。

この大本営発表は、まぎれもない事実なのだろうか。太平洋戦争が始まった3年前、日本軍はハワイ真珠湾で米軍を奇襲し、緒戦を飾った。

鼻息は荒かった。

しかし、その後は、北太平洋のミッドウェー海戦で大敗を喫し、ソロモン諸島のガダルカナル島では撤退を余儀なくされている。

敗戦に次ぐ敗戦で戦況はすでに悪化の一途をたどっていたはずだ。しかし、大本営や政府は国民に対して相変わらず、日本軍の優勢と勝利を言い広めていたことになる。

戦時一色の記事の下に、大蔵省の大きな広告が掲載されていた。

――お手元の現金は金銭信託へ

戦争遂行の資金は、国民が働いて貯蓄しなければなりません。新目標３６０億は光栄ある国民の今年度の義務であります。

軍事費が嵩んで、国の財政はひっ迫を極めていたに違いない。

自分が生まれた日の新聞を読んで、敗戦後は民主的で平和な時代を生きることができ、幸せな人生を送っているのだと改めて考えた。

しかし、３１０万人の犠牲のうえに築かれた平和と繁栄のなかで暮らしているのに、その有難さをしみじみと感じ、こどもたちに確かな気持ちで語ることができないのは、本当に幸せなことなのだろうか。

戦争と平和を繰り返す人類の歴史。それは語り継ぐべき永遠の課題のはずである。

平和の重みと大切さを迫真性と奥行きをもって語ることができる戦争体験者が次々と世を去っていくのは寂しくもあり、これからの時代を生きてゆく者には大いに不安である。

私がいま暮らしている沼津も、あの戦争で大空襲に遭っている。

海軍工廠、海軍技研などの軍事施設や軍需工場があり、内浦や戸田には海軍の特攻隊も置かれていた。

私が生まれた2か月後に、サイパンが陥落し、米軍の本土空襲が本格化した。

沼津は終戦を前にした１９４５年（昭和20）7月17日未明、米軍の爆撃機による大規模な空襲にさらされている。終戦1か月前の惨禍である。

この空襲で９０００発もの焼夷弾が投下され、市街地の9割を焼失、逃げ惑う２７４４人の市民が犠牲となった。

沼津市内でギャラリーを営む勝呂希枝子さんは、東京大空襲に遭った祖母と母親から戦時中の話を聞き、悲惨な体験を語り継ぐことの大切さをいまも強く感じている一人だ。

「戦後70年が経ち、沼津でも空襲のリアリティが失われている。ひとつひとつの体験を世代から世代へ語り継いでいきたい」

ギャラリーを訪ねた日、勝呂さんから、「あの日、あの時」という文集を紹介された。沼津ライオンズクラブが、戦後50年を迎えたとき、市民の戦争体験の歴史を検証する意味と、平和への願いを込めて編んだ文集である。

この文集には、応召されて戦地に行ったり、空襲を受けたりした市民１１３人の辛く、哀しい体験が綴られている。

「夫の命と、家族の幸せを奪った戦争。二度と戦争を繰り返してはいけない、と私は大声で叫びたい」

どのページを読んでも、市民の哀しみや怒りが伝わってくる。

「あの夜、私は四人の弟妹を連れて、愛鷹山の険しい道を逃げた。芋畑にも焼夷弾が突き刺さり、沼津の街は黒煙と赤い炎と火柱の海だった。夜が白み、帰り着いたわが家は、柱一本も残さず焼け落ちて廃墟と化していた」

あの戦争によって生命、財産、家族を奪われ、窮乏生活に追いやられた１１３人それぞれの抑制された慟哭が迫ってくるようだ。

自らの戦争体験を寄せてくれた人びとのなかには、すでに鬼籍に入っている人も少なくない。

戦争を知らない世代が多くなり、このごろ、未来志向を掲げて現実的な渇いた風が強く吹き始めている。

だが、皇太子さまは今年の誕生日に、こんなことを語っていた。

「謙虚に過去を振り返り、悲惨な体験や日本がたどった歴史が正しく伝えられることが、大切だと思います」

この抑制された言葉に、私たちはあの戦争から何を感じ、どう受け止めればいいのだろう。

時代が移っても、戦争の不条理に対する人びとの怒りや悲しみが消えることはない。

しかし、記憶の風化という現実のなかで私たちは次世代に何を、どう語り継いでいけばいいのか、日々悩んでいることも事実だ。

日本はなぜ、戦争への道を歩み、国民はどう行動したのか。友人の医師が言った「総括」とは、そういうことだろう。

冷静に歴史を学び、過去の事実を知り、感性を養ってゆく。そしてあの時代にわが身を置いて戦争の悲劇を想像してみたい。

戦後続いてきた平和の歳月はあまりにも重く、尊い。（15・4）

ふるさとを語ろう

ふるさとの中学校を卒業して、58年になる。

わが人生、ずいぶん遠くまでやってきたものだと、不意に望郷の思いにかられ感慨に耽ることもある。中学生の頃がいちばん多感で生意気だったので、想い出も多い。

春を待ちわびているころ、級友で世話好きの永久幹事、M君からクラス会開催の往復ハガキが届いた。「野沢中学3年5組同級会のお知らせ」とある。

――寒さを乗り越え、お元気でお過ごしですか。久しぶりに会って、みんなで大いに笑いましょう……

クラスメートたちもすでに古希の峠を越え、ひたすら老いの下り坂を歩いている。これから先の生き方や家族のことなど、わが人生にさまざまな憂いを感じ、みんな笑いに飢えているに違いない。

しばらくぶりに顔を出して大笑いしてくるか。

そう思い、往復はがきの「出席」に○をつけて投函した。

間もなく、その日がやってきた。

三島から東海道新幹線で東京駅に着いたのが午前11時過ぎ。北陸新幹線に乗り継ぐため、23番線のホームに向かった。

この時期は観光シーズンでもないし、しかも平日だったので、人影もまばらでホームは閑散としていた。

出発までには多少時間がある。売店で朝刊を手に入れ、ぶらぶら歩いていると、見覚えのある3人の女性が目に入った。彼女たちも同じクラス会に出掛ける元女子中学生だった。

「あら、まあ、お久しぶり……一緒なのね」

というわけで、それぞれ荷物を手にしたオバさんとオジさんは昔の面影をぶら下げて、北陸新幹線の列車に乗り込み、懐かしいふるさとへ向かった。

新幹線の車内は、乗客がまばらで空席が目立つ。

「貸し切りねっ！」

オバさんたちはさっそく、座席を向かい合わせにすると、速射砲のようにおしゃべりに火が付いた。

家族や身の回りのことなどさまざまな出来事を話題にして盛り上がり、笑い転げている。

その誘惑には巻き込まれまいと、私は目を閉じ、車両の揺れに任せ、寝ているふりをして彼女たちの話に耳を傾けていた。

大概の男は寡黙で言葉少ないが、女はお喋りだ。話題が豊富で、しかも、体中で感情を爆発させる。

佐久平駅は、標高が６００㍍ほどあり、寒冷地なので３月とは言っても気温が低い。ホームに降り立つと、冷たい浅間下ろしに首をすくめた。

幹事が手配してくれた、むかし悪ガキ、いま好々爺のＵ君が迎えに来てくれ、駅前のロータリーで待っていた。さっそく４人とも車に乗りこみ、会場のホテルへ。

そのホテルは、江戸・日本橋と京都・三条大橋を結ぶ中山道沿いにある。ホテルといっても、想像を超えた名ばかりの、古びた、時代にとり残された宿屋の風情である。

なんでも室町時代の正長元年（１４２８）に望月城の望月河内守が、この場所で旅人に宿泊や食事を提供したのが始まりだという。戦国時代には、甲斐の武将、武田信玄も宿にしたことがあるといい、歴史の古さを自慢にしているホテルだ。

地元産の佐久鯉をみそ仕立てのタレでじっくりと煮込んだ鯉こくを売りものにしている。

新幹線の佐久平駅に近いこともあり、夏になると大学の運動部の学生が合宿にやって来るそうだ。あとは地元の人たちの寄り合いや年輩の旅行者が利用し、老舗の命脈を保っている。

クラス会は午後1時に始まった。

参加したのは男7人、女8人の合わせて15人。鯉こく、旨煮、から揚げなど鯉づくしの料理と山菜を前に、互いに地酒を酌み交わし、久しぶりの再会を喜んだ。

3年5組には46人（男21人、女25人）の生徒がいた。

私たちは団塊の世代よりも2年ほど先輩であるが、里山に囲まれ水田が広がる田舎町でも、1学年に7クラスもあり、全校で１０００人近い生徒が通っていた。子供が少なく過疎化におびえる今では信じ難い。

幹事の報告によると、46人のうち男女5人ずつ計10人がすでに鬼籍に入っている。それに、今でも行方のわからない、音信不通の仲間は男女併せて11人もいるそうだ。

M君の報告を聞いて、老いと共に病気になる人も増えていくから、クラス会は参加者が減ってゆき、やがて消滅のときが来るだろう。

熱燗で体が温まったころ、近況報告が始まった。

まだ現役で仕事をしている者もいるが、これからどう生きていくか、それぞれ人生の締めくくり方に関心が集まった。

この数年、友人や知人が相次いで亡くなり、「人生の旅立ちが他人事ではなくなったよ」と、切り出したN君は、

「親の代からのつき合いは、私の代でもう終わりにして、息子や娘にまで引きずりたくない。自分が旅立つとき、ひとさまから香典をいただかない家族葬にするように、いまから息子たちに話をしているんだ」

と、自身の心境を率直に語った。

しかし、そうは言っても、現実は思い通りにいかないものである。周囲にはさまざまな意見があり、割り切ることの難しさもあるようだ。

それでも折に触れて、

「私は家族葬で済ませたいので、顔を出していただけるなら通夜にきて、お別れをしてください。香典は一切ご辞退します」

と、知人や友人たちに、それとなく伝え始めているという。

クラス会を終えて、沼津に帰ってきた数日後、丁寧な手紙を送ってくれた女性がいた。

――私たちはお墓の問題を真剣に考えなくてはならない時期にきていると思います。いまはお墓の概念や葬儀のかたちが変わる過渡期にあるのかもしれません。

私自身は、樹木葬がいいなんて思うこともあります。でも、その土地の風習などしがらみもあり、自分が考えているようには、できそうもありません。

フーテンの寅さんで知られる喜劇役者だった渥美清さんは生前、「自分の死に顔をひとに見せたくない。家族で看取り、骨にしてから世間に知らせてほしい」と、話していたという。女優の沢村貞子さんも、「葬式はせず、夫婦一緒に海に散骨してほしい」、と、願っていたそうだ。

戦後の変化の激しい時代に生きてきた私たちが背負っている人生の課題を、改めて確認するようなクラス会でもあった。

58年前、クラスの仲間が自由に書いた「グループ日誌」を、私はいまも大切に保存している。その日誌を引っ張り出して読んでみると、あの頃の農業社会の生活ぶりが見えてくる。

農家の子どもたちは、みんな家の手伝いをしていたので、農業や自然にかかわる日々の出来事を書いたものが少なくない。

中学生の頃から冗談を言って、ユーモアのあったU君の日誌（11月5日）にはこんなことが書いてある。

――このごろ朝はとても寒い。秋になったことを感じる。秋といえば、まず、はじめに、食欲の秋、読書の秋。それから貧乏人の寒がる秋である。

寒いと思って着るものを買うと温かくなるが、ふところのほうは寒くなってしまう……

老いをかみしめながら、みんなが楽しみにしているクラス会。来年も開かれるだろうか。

（18・04）

見上げてごらん

散歩の帰り道。西の空を見上げると、幾筋もの白い航跡が目に入った。

こんなにたくさんの航空機が沼津の上空を飛んでいるのか……

ちょっと驚き、しばらく航跡を眺めていると、あの夏の日のことが甦ってきた。

乗客、乗員５２０人が犠牲となり、世界の航空機史上、単独機としては最悪の墜落事故となった日航ジャンボ機の事故からすでに長い歳月が過ぎている。

１９８５年８月12日。あの夏の日のことを、今でも鮮明に記憶している。

「上を向いて歩こう」を歌って一世を風靡した、国民的人気歌手の坂本九さんも事故の犠牲になった一人だった。

墜落事故の一報を聞いて、その夜、私は東京から中央高速を車を飛ばして現場に駆けつけ、猛暑と闘いながら山中を駆け巡った。

迷走飛行した末に、時速４９０キロで群馬県の御巣鷹山の尾根に激突したジャンボ機も、夕日が美しい駿河湾の上空を東から西へ向かって飛んでいた。

この夏、新聞やテレビなどマスコミは、遺された家族の30年に及ぶ苦悩と怒り、哀悼の日々を伝え、「事故の教訓を風化させてはならない」と訴えていた。

広島と長崎に原子爆弾が落とされた日。日本が戦争に負けた日。それに日航機墜落事故の犠牲者を悼む日……

ご先祖さまの霊を祀る旧盆の8月は、多くの日本人が生と死に向き合い、現在、過去、未来に深い思いをめぐらす特別な季節である。

あの事故の衝撃で、飛行機にはもう、乗りたくないと思った。今でも、国内旅行は空の便はできるだけ避け、新幹線を利用している。

単に、安全性の問題だけでない。列車の旅は、沿線の風景を眺めながら旅情を楽しむことができるので、物や人を早く運ぶだけの究極の文明の利器には、抵抗を感じている。

速くて便利な乗り物は、その分リスクも高い。超高速の乗り物は乗ってしまったら運を天に任せるしかない。

日航ジャンボ機２２３便に異常が発生したと推定される時刻は、羽田の東京国際空港を離陸した12分後の午後6時24分である。場所は、伊豆半島の相模湾に面した稲取の東方沖だった。

このジャンボ機の異常発生に気付いて墜落するまでの32分間。コックピットのパイロットたちは究極の混乱の中で、機体を立て直そうと懸命の操縦を続け、客室乗務員たちは目の前の乗客と共に、緊急着陸に備えるため恐怖の中で苦闘していた。

迷走して機体が左右、上下に大きく揺れる絶体絶命の事態に死を覚悟した乗客の中には、家族へ遺書を書いた人たちも少なくなかった。

乗客のひとり、52歳の働き盛りのビジネスマンの男性は気持ちが錯乱していたのだろう、普段使っている愛用の黒革の手帳に、乱れた文字で必死に家族に宛てて遺書を走り書きしたと、朝日新聞が報道している。

「パパはほんとうに残念だ。きっと助かるまい。原因はわからない。もう、飛行機には乗りたくない。どうか、神様助けてください。きのうみんなと食事をしたのが最後になるとは……機内で爆発したようだ。飛行機が降下し始めた。どこへ、どうなるのか。こんなことになるとは残念だ。さようなら。ほんとうにいままでは幸せだったと感謝している」

生きることへのわずかな望み、死への恐怖と、あきらめの気持ちが錯綜する混乱の中で必死に綴った遺書だった。

飛行機に乗り慣れているビジネスマンの最期の言葉を思い出すたびに、もし、自分だったら、どうしただろう……と想像すると、いまでも胸が張り裂けそうになる。

暑いさなかの8月中旬、手元に一冊の本が送られてきた。

「日航機事故の謎は解けたか――御巣鷹山墜落事故の全貌」という題名の本である。

著者は、かつて事故の現場を取材し、その後も旧運輸省（現国土交通省）の航空事故調査委員会の取材を通して事故の真相を丹念に追い続けてきた読売新聞の２人の元記者だ。

「日航機事故を知らない若い人たちに、事故がどのようなものであり、今に残された課題は何かを知ってほしい」

と、航空専門家の事故調査の過程や教訓を多角的、かつ丹念にまとめたリポートである。

事故原因は、後部圧力隔壁が破壊されて機内に減圧が生じ、垂直尾翼の主要部分が吹き飛ばされ、操縦に欠かせない方向舵、昇降舵が機能を失ってしまったことだった。

このジャンボ機は７年前の１９７８年に、大阪空港で尻もち事故を起こしている。

そのとき、圧力隔壁の修理に当たった製造元のボーイング社の作業員による修理ミスで、金属疲労が進み破壊につながったとされている。

航空機の知識が全くない素人の私がずっと関心を持っていたのは、原因究明は極めて重要であることは言うまでもないが、同時に、もっと多くの乗客や乗員の命を救う手立ては、ほかになかったのだろうか、ということである。

航空業界では、ヒューマンファクターと呼んでいるそうだが、人間が最新鋭の巨大なシステムを前に、どのように対応したのか。たとえ、状況は絶体絶命の状態であっても、かすかな望みをかけたいと思うのが人間の心理である。

航空機の異常が発生したとき、パイロットら乗務員はどう対応したのだろう。

この本によると、フライトレコーダーによって、飛行経路や高度、機体の飛行姿勢、エンジンの状態など客観的なデータは得られている。

しかし、パイロットたちがそれをどのように認識し、どう意図したのかは、ボイスレコーダーの音声記録が一つの手がかりとなるのだが、雑音や機体の風切り音で解読が困難だったという。

そこで、パイロットがどこまで機体を制御できるのか、フライトシミュレーダーを使って大がかりな実験を試みた。

まず、事故機と同じように垂直尾翼のかなりの部分が失われて操縦舵が機能しない状態で、4つのチームを組みそれぞれ操縦してもらった。しかし、いずれも不時着水などの生還操縦はできなかった。ただ、オブザーバーで参加したボーイング社のパイロットだけは、辛うじて不時着に成功したという。

事故の真相に迫っていくと、全てがヒューマンファクター、つまり、人間と巨大システムの関りに帰着する。

まず、事故の原因となった圧力隔壁の修理ミス、修理後の検査でそのミスを発見できなかったミス。このジャンボ機は尻餅をついた事故のあと7年間も、墜落の危機をはらんだまま飛

行していた。この間、操縦していた経験豊かなパイロットの中には、

「どうもまっすぐに飛ばないな」

「どこか、他の飛行機とは操縦の感触が違う」

などと、飛行したあと、操縦時の違和感を訴える声があがっていたという。

しかし、ここで注目すべきことは、長く経験を積んだベテランパイロットの第六感ともいうべき、異変を訴える声が整備現場の再点検につながらなかったことだ。そのことがとても残念でならない。

　科学万能の文明社会は、あまりにも科学そのものに頼りすぎていないか。

事故やトラブルはいまもなくならない。重大なインシデントも起きている。規制緩和で格安の航空会社が次々と誕生し、乗客の獲得競争も激化する一方である。

航空会社はコスト削減に走る余り、最も大切な安全が疎かにされていないか――

　これがこの本の警告である。

　現役時代、同じ職場に飛行機嫌いの先輩がいた。

「海外出張で飛行機に乗るときは、大酒をくらって人事不省になるしかなかったよ」

最先端の文明についていけない先輩の本音を、いま、懐かしく思い出している。（15・09）

銀山の風に吹かれて

つゆの季節に、島根県の出雲大社にカミさんとふたりでお参りした。倉敷、広島、萩など山陽・山陰を巡る新婚旅行で立ち寄って以来、44年ぶりである。

「お陰様で今日まで、なんとか、つつがなくやってこれました……」

新郎新婦に戻った気分でお賽銭を投げ入れ、縁結びの神様に手を合わせた。

山陰地方の旅をしていると、感じることがある。

過疎化が進み、交通の便がよくないので、どこに行くにも時間がかかる。けれども、その分、自然が豊かな日本の昔の姿、原風景の中に身を置くことができる。心身が安らかになるのは、かけがいのない旅の魅力だ。

その夜は、翌日からのハードスケジュールを考えて、石見銀山にアプローチしやすいＪＲ山陰線の大田駅まで足を延ばし、駅前のホテルに宿をとった。

翌朝早く、中国山脈を越える広島行きの路線バスに乗った。石見銀山は、その途中にある。

30分ほどバスに揺られると、世界遺産センターに到着した。石見銀山は、遺跡と文化的景観が２００７年にユネスコの世界遺産に登録され、世界に知られるようになった。

まずは歴史的価値を知りたいと思い、さまざまな展示資料を見て回った。

石見銀山は、アジアの鉱山開発の草分けである。品質のよい銀鉱石が大量に掘り出され、江戸時代から精錬された銀が東西の経済的「価値」の交流に貢献してきた。

幸運にも、鉱石の採掘と精錬技術が江戸時代の鎖国によって守られたため、遺跡が荒らされていない。そして、鉱山と銀精錬の遺跡、街道、港湾など歴史の痕跡が今に伝わっている——言ってみれば、こうした特徴が世界遺産としての価値である。

鉱山用語の「間歩《まぶ》」というものを初めて目にした。金、銀、銅などの貴重な鉱石を採掘する坑道と、その周辺施設のことである。

石見銀山には６００を超す大小の間歩がある。江戸前期から採掘され、大正12年（１９２３）に閉山した龍源寺間歩を歩いてみることにした。

銀山を管理していた大森代官所跡から龍源寺間歩まで3キロの急な山道を登っていかなくてはならない。たっぷり1時間はかかるという。足腰が弱ってきた身には堪えそうだ。

そこで、バスの停留所の近くにあるレンタサイクルで、電動アシスト付き自転車を借りることにした。これなら、衰えた体力でもなんとかなるだろう。

「お客さん、ひったくりに気をつけてくださいよ」

エッ、ひったくり？　キツネにつままれたような顔をしていると、店の若いご主人はすかさず、

「サルのひったくりですよ……それに、イノシシとか、ハチ、ヘビにもご用心を！」

のっけから肝を冷やすような忠告であるが、電動自転車に跨がると、爽やかな初夏の風が心地よかった。

龍源寺間歩は薄暗い杉木立の中にあった。

丸太を組んだ「四ツ留」と呼ぶ幅70㌢、高さ１・３㍍ほどの狭い入り口から坑道に入った。角礫凝灰岩からなる山の坑道は大人が屈まなくても歩けるほどの広さだ。

全長６００㍍のうち、公開されているのは１５７㍍。気温10度。ひんやりと冷気が漂う、薄暗い坑道をおっかなびっくり進んでいった。

江戸時代、銀鉱石を採掘する作業員たちは単衣《ひとえ》袖なしの格好で、ツチやノミ、タガネを手に、一昼夜に5人交代で30㌢ずつ掘り進んだ。壁面にはノミの跡が無数に残っている。

作業員は経験と勘で鉱脈に迫っていったのだろう、いくつもの坑道が枝分かれしている。

「一攫千銀」の夢を抱いて鉱脈を掘り当てようとする山師たちは、貴金属を好む性質のヘビノネゴザなど、シダ植物の群落を目当てに山を隈なく歩いて見当をつけ、探し当てたらしい。

採掘が本格的に始まったのは、築前（福岡県）の豪商、神屋《かみや》寿禎《じゅてい》が銅の買い付けで日本海の石見沖を航行中に見つけたという16世紀初めである。

銀と鉛の合金である「貴鉛」をそれぞれに分ける「灰吹法」という、朝鮮から導入した精錬技術で大量の銀を生産し、日本は世界有数の鉱業国となった。

一方、英雄たちが覇権を争う群雄割拠の戦国時代は武具や武器が必要となり、その原材料となる鉄や銅の需要が高まっていった。そして軍事費を調達するため金や銀など貨幣価値の高い貴金属を求め、銀山争奪戦を繰り広げた。

関ケ原の戦い（１６００）に勝った徳川家康は、いち早く石見銀山を中心とした大森地域を天領にして銀山奉行を置いた。

初代奉行の大久保石見守長安は甲斐・武田氏の家臣だったが、武田氏死後、家康の家臣になった。鉱山の知識が豊富で、西洋の新しい採掘法や精錬技術を取り入れて増産に成功し、のちに伊豆・土肥金山を管理する金山奉行にもなった。

石見銀山は東アジア最大の銀山となり、ピーク時の年間産出量は推定、37・5トン。メキシコのポトシ銀山に次ぐ世界第2位の産出量を誇るまでに発展した。

日本海に面した鞆が浦、沖泊の港は銀鉱石の積出港となり、博多港を経て朝鮮半島や中国に輸出され、幕府の財政を潤す。銀山で栄えた大森の町は最盛期の人口が、江戸の40万、大阪の28万に対し20万ともいわれた。しかし、江戸時代中期から資源が枯渇し、銀の産出量が減ってしまうと、街の人口も減少していった。

銀山は銀鉱石を生産する「銀山地区」と、人びとが暮らす陣屋町の「町並み地区」に別れている。

龍源寺間歩を後にして、往時の面影を宿す銀山街道を辿り、石州赤瓦が映える大森の町を歩いた。格子戸のある代官所の役人の屋敷、白壁の旅籠、商家などが軒を連ね繁栄の時代が偲ばれる。

なかでも金融業や酒造業を営み、代官所の御用商人として栄えた熊谷家住宅は国指定の重要文化財としていまも大切に保存されている。

大森の町は、城下町のような職業や身分の住み分けがなく、武士や町人が入り交じっていたところにひとつの特徴がある。江戸の文化や流行が広まるのも早く、自由な気風があった。

帰り道、真言宗の羅漢寺をお参りした。ここには銀山で亡くなった人たちを供養するため25年の歳月をかけて彫られた５０１体の羅漢像が安置されている。

銀山が世界遺産に登録されると、国内、海外から80万人を超す観光客が押し寄せた。

「マイカーや観光バスの排気ガスで樹木が枯れ、落石事故もありました。静かな町は降って湧いたような騒ぎになり、住民たちは生活が脅かされると心配しましたよ」

年輩のボランティアガイドは、世界遺産ブームの凄まじさを、そう語っていた。いまは、観光客は年間60万人と落ち着いている。

銀山と町並みが破壊されないように町では、いたずらに観光客をあてこまない世界遺産の街づくりを進めている。

マイカーを3キロ離れた駐車場に止めて路線バスに乗り換えてもらうパーク&ライド方式で「歩く観光」を目指しているのも、対策のひとつである。

この町には、もう60年も前から町民あげて銀山遺跡を保存する文化財保存活動を地道に続けてきた歴史がある。だから、お土産の販売など目先の利益を求めないという。

少子高齢化に悩む町はいま、銀山を住民の誇りと歴史教育の場にして、町を活性化する内発的な世界遺産観光を模索している。

富士山という偉大な世界遺産を持つ静岡県民としても、目先の利益にこだわるのではなく、日本人の精神文化を支えて来た悠久の自然の大切さに目を向けてゆくことが世界遺産観光への道ではないか。

そんなことを考えながら、世界一大きな砂時計で知られている仁摩サンドミュージアムに向かった。（18・06）

つゆ空の墓参り

カミさんの母親の7回忌法要を営むことになり、梅雨入りして間もないころ、久しぶりに故郷の信州・小諸へ出かけた。

準備万端、さあ、出かけようという日の朝。リビングのカーテンを開けると小雨が舞っている。

すぐ、テレビをつけた。気象情報によると、梅雨前線が近づき、東日本はこれから大荒れになるという。

参ったな、これじゃ先が思いやられるぞ……

舌打ちして、カミさんと互いに顔を見合わせた。

車の知識が乏しいうえ、運転技術にも難がある私にとって、激しい雨と強風の中を車で走るのは気がかりだ。間違っても、運転を誤り、事故を起してしまうような最悪の事態だけは避けなくてはならない。

自分にそう言い聞かせ、大急ぎで口に入れたパンをコーヒーで流し込み、そそくさと支度を整えて、自宅を飛び出した。

このごろ車を運転していて注意が散漫になってきたな、と感じることが多くなった。

「赤よ、赤、赤、赤……」

「ほら、青になっているでしょ……」

日ごろのマイカーの運転はこんなありさまだ。

ひとりだけで車を運転するのは心細い。4つの目と耳、それに、運転中にこちらの不注意を戒める、もう一つの口が頼りである。

運転技能と反射神経の衰えも気になる。「人間ナビ」を自認する高齢者専用運転プランナーが傍についていてくれなければ、長距離を走るのは心もとない。

ましてや、この日は雨のハイウエーである。

御殿場と河口湖を結ぶ東富士五湖道路と中央高速道の走行車線を、かたくなに時速80キロの制限速度を守って走り続けた。

篠突く雨の中、路面は滑りやすい。それに視界も悪いというのに、先を急いで飛ばしてゆく車がなんと多いことか。

大型トラックや乗用車が追い越し車線を、一〇〇キロを超える猛スピードで水しぶきを上げて飛ばしてゆく。その度に、マイカーの車体に大波のような水しぶきがかかる。

軽乗用車のおばさんの軽トラックにまで追い越されてしまった。若いころだったら、オイ、オイ……と、むきになってアクセルを強く踏んでいたに違いない。

中央高速道を須玉インターチェンジで降り、佐久甲州街道を北へ。ようやく雨が上がり、車の窓に薄日が差してきた。

左に八ヶ岳連峰の赤岳、横岳、硫黄岳などの峰々、右に秩父連山を眺めながら懐かしい山あいの道を縫って走る。

やがて、正面に浅間山が見えてきた。小諸市の町はずれ。水田や畑に囲まれた小高い丘の上に、私の両親が眠る先祖代々の小さなお墓がある。途中、スーパーマーケットで季節の花を買い求め、曲がりくねった狭い畑中の道を急いだ。

梅雨どきの天候は、気まぐれだ。さっきまで日が差して明るい田園風景が広がっていたのに、突然、厚い雲に覆われ、再び雨風が激しくなってきた。

母が旅立って28年。父が逝って20年。ふたりはいま、あの歌のように「千の風」になって里山を吹き渡り、光となって田畑に燦々と降り注いでいるのだろうか。

ときには10キロほど離れた、かつて暮らしていた懐かしいわが家に戻り、縁側で近所の人とお茶でも飲みながら、紫陽花など季節の花々が咲くお気に入りの庭を眺めて、思い出を語り合っているのかもしれない。

墓前に花を手向けて焼香し、手を合わせた。黒御影石の墓石は折からの雨に打たれ、濡れて光り輝いていた。

毎朝、自宅マンションの部屋の仏壇に向かって手を合わせるのとは違い、こうして昔懐かしい自然の中に佇むと、浄土の世界に足を踏み入れたような霊気を感じる。

「まあ、よく来てくれたねぇ」

「ずいぶん、ご無沙汰じゃないかい」

耳元に父、母の声がかすかに聞こえてくるようだ。

幸せに暮らしていた昔の面影がよみがえる。寂しさと、ご無沙汰している罪悪感に胸の痛みを覚え、傘を差したまま墓石の前にしばらく立ち尽くした。

そろそろ自分たちのお墓をどうするか、考えなくてはならない年齢に差しかかっている。

その日の夕方。妻の兄弟姉妹たち4組7人が小諸市内の懐古園近くにあるホテルで顔を揃えた。私たち以外は、それぞれ東京、首都圏に暮らしている。

久しぶりの顔合わせだったので、その夜は小諸市内にある老舗の日本料理店で水入らずの夕食会を開いた。

久しぶりに会って和気あいとした雰囲気の中で、長女のS姉がさりげなく、しかし、いきなり二女の連れ合いのK兄に「危険球」を投げた。

「Kさんは、もう後期高齢者になったのかしら?」

S姉の目の前に座り、心地よさそうに盃を傾けていたK兄は、その質問に一瞬ひるんだ様子だったが、すぐに受けて立った。

「いやいや、まだまだ先の話しですよ……」と、軽くいなした。

7人は60代半ばから70代半ばの高齢者である。それにしても、いきなり、人生下り坂の話になるとは……

しばらく会わないうちに兄弟姉妹は、それぞれ確実に歳を重ねていた。

黙って、話を聞いていると、それぞれこれから老いとどう向き合っていくのか手探りの日々を過ごしているようだ。

宴席では後期高齢者になるのを忌避するような言動と、若々しく振る舞おうとする行動が目立ち、みんな一緒に老いるなら怖くない、といった空気が支配していた。

地酒、ビール、ワイン、梅酒……女性たちは次々と話題を提供して笑い転げている。そして、落ち着く先はホテルのカラオケバー。かくして法要前夜は酒と艶歌で更けていった。

翌朝、朝食を済ませてから、私はひとり、懐かしい小諸の街を歩いた。

島崎藤村が、「小諸なる古城のほとり　雲白く遊子悲しむ」とうたった千曲川旅情の歌はよく知られている。

浅間山のなだらかな裾野に広がる坂の街は、爽やかな朝を迎えていた。沼津市の半分ほどの面積であるが、歴史を偲ばせる趣のある城下町は昔と変わっていない。

戦国時代に、武田信玄の軍師、山本勘助、それに仙谷秀久によって城と城下町が整備された。城郭が城下町よりも低いところにあり、全国でも珍しい「穴城」である。

江戸と京都を結ぶ中山道の追分宿で北に分岐する北国街道が小諸の街を貫き、江戸時代は、交通の要衝でもあった。

街道沿いに大名たちが泊まる小諸本陣や旅籠、大手門や古刹があり、明治のころの古い蔵造りの商家や銀行、文学記念館などが立ち並んでいる。小諸城址の懐古園は、桜の季節になると大勢の花見客でにぎわい、ふだん静かな街に活気が蘇る。

私の記憶の中にある小諸の街は、かつて信越線の特急列車が停車する東信地方の経済、産業の拠点都市であった。

冬季長野オリンピックが開かれた１９９８年（平成10）、長野新幹線（現北陸新幹線）が開通すると、取り残されてしまった小諸の街は一気に寂れていった。

だが、あれから20年。小諸は再び、詩情あふれる歴史と高原の町に蘇ろうとしている。

二日酔いの7人は、法要を済ませ、浅間山が一望できる蕎麦屋でひと息ついた。（17・07）

健さんのふじ棚

私が暮らしている沼津市に、「蛇松《じゃまつ》」と呼ぶ古い地名がある。

その昔、沼津港の近くに蛇のように曲がりくねった大きなアカマツがあったことから、その名がついたらしい。

爽やかな初夏の日差しがまぶしい土曜日の朝。久しぶりに遊歩道の「蛇松緑道」を歩いた。

ついこの間まで、「ふじの花まつり」が開かれ、お花見の人たちで賑わっていた山本健さんのお宅は人影もなく、ひっそりと静まり返っている。

少し色あせた淡い紫のふじの花房がひとすじ、季節の名残を惜しむように長く垂れ下がりそよ風に揺れていた。

地面に濃い影を落とすふじ棚の奥に、こじんまりとした木造の小屋がある。ここが、ふじの花守りをしている健さんの作業場である。

健さんは入り口のドアに背中を向けてしゃがみ込み、竹細工に夢中になっていた。

「今年もようやく終わりましたね」

健さんの背中に声をかけると、

「ああ、終わっちゃったねぇ」

健さんは振り向きざまにしんみりと、感慨深げに言葉を返した。その背中はどこか愁いを含んでいた。

「2、3日前、近所の人たちに手伝ってもらい、ふじ棚から花房をすべて落して後始末を終えたところなんだよ。それが終ったら、急に寂しさが込み上げてきちゃって……」

そう言って、健さんは竹細工の作業の手を休め、感慨深げに緑の葉が一面に広がるふじ棚を見上げた。

その仕草が、映画の人気シリーズ「男はつらいよ」で寅さんの「おいちゃん」役を演じていた名優の下条正巳さんにどこか似ていた。

健さんはいつも笑顔で、人情あふれる下町のお爺さんのような風情を漂わせている。

昭和の時代、テレビドラマ、「東京一淋しい男」がお茶の間の人気を呼んだことがある。ふじの花まつりを終えたいまの健さんには哀愁が漂い、「淋しい男」の心境なのかもしれない。

ふじ棚は高さが地上2メートル50センチほどある。平屋建ての健さんの自宅を取り囲むように広がり、初夏になると、うす紫の可憐な花を咲かせる。

4月半ばにつぼみが開き、5月のゴールデンウィーク明けまでの1か月、近所の人たちや、近隣からやってくる大勢の花見客でにぎわう。ちょっとした花の名所になっている。

全国的に知られる栃木県足利市のフラワーパークをはじめ、お寺の境内や公園などふじの名所はいくつもある。けれども、個人の家の庭にこれほど広く、見ごとなふじ棚があるのは珍しいそうだ。

花の季節になると、訪れる花見客は沼津市内だけではない。

東京や名古屋方面からもマイカーや電車で馴染みのファンがやって来る。ひとシーズンに７０００人を超す人が清楚なふじの花を眺めて、甘い香りに酔いしれ、幸せな気分になって帰ってゆく。

だが、今年はいつもの年と違い、健さんには気分がすぐれない事情があった。数年前、手術した膵臓の調子が思わしくなく、冬の間体調を崩し、病院通いを余儀なくされた。

ふじの花房がふくらみ始めるいちばん大切な時期に、十分手をかけて面倒を見てやることができなかった。

律儀な健さんは、「せっかく、ふじのお花見を楽しみにしてやって来るみなさんに申し訳が立たない」と、ずいぶん悔やんでいた。

「ふじの花まつり」の最中、そのことを詫びる貼り紙が庭の入り口に立てかけてあった。

健さんが自らの手で書いた「お詫び」と題した文章を読んだとき、私は胸に込み上げてくるものを感じた。

健さんは心の底からふじを愛し、自然や人間を大切にする花守爺さんなのだと、改めて思った。なんともやさしい花守さんである。

長い間、健さんの片腕となって一緒にふじ棚の世話をしてくれた、近所に住む親しい仲間が去年8月、77歳で逝ってしまった。そんな事情もあり、気分が塞ぐ日々が続いたようだ。

たしかに、自慢にしていた、長く伸びる花房の丈はいまひとつだった。

それでも、例年を凌ぐほどの2万房もの花がふじ棚を彩り、香りが辺りに満ちあふれて近年になく華やかな花まつりになった。

「今年は、もうだめかと思ってあきらめかけていたんだけれど、立派に咲いてくれてほんとにうれしかったよ。訪ねて来てくれる人たちがみんな喜んでくれたお陰で、私はずいぶん慰められました」

まだ20代の若かりしころ、健さんは沼津市内にある食品会社で働いていた。

結婚し、新婚ホヤホヤのときに、奥さんとふたりで伊東市内にある名刹、林泉寺へふじを見に行った。そのやさしい香りと上品な美しさに感動してしまった。

それ以来、ふじの魅力にすっかりとりつかれ、今のマイホームを手に入れたとき、ゆくゆくはふじの花屋敷にしようと、密かに考えていた。

　そして、ふじの花が縁で懇意になった林泉寺のご住職にお願いし、ふじの花穂を譲り受け栽培したのが始まりだった。

　毎年、わが子を育てるようにふじの花に愛情をたっぷり注ぎ、近所の仲間たちの助けも借りながら少しずつ棚を広げてきた。

　ふじの花と生きるのが人生の楽しみになり、41年が過ぎた。若いころ思い描いていた通りの見事なふじの花屋敷になった。

　健さんは今年、81歳になる。花まつりが終わってひと息つく間もなく、空を眺めては、変わりやすいお天気と相談しながら消毒作業にとりかかる。

　ご近所の迷惑にならないように、作業はまだ寝静まっている未明から早朝にかけて行うことにしている。

「これからの季節はアブラムシや毛虫がたかりやすいので、月に2回は消毒が欠かせないんだよ」

　それに、蔓が長く伸びて、放っておくとパーマネントをかけたように藪になってしまう。だから蔓を切ったり、伸びる方向を変えてやったりしながら、芸術家が丹精を込めて作品を生み出すように微に入り細を穿つのである。

そして秋になると、棚を点検し、傷んだところを修理する。

ふじの栽培にかかるもろもろの費用は、人に頼らず、年金のささやかなポケットマネーで賄っている。

隣近所の人たちは、健さんが高い棚の上で作業をしている姿を眺め、「健さんは年がら年中ふじ棚にぶら下がっているじゃないの」と、冷やかす。

しかし、自身の年齢や体のことを思うと、ふじ棚に上がるのが億劫になる日もあるという。

ふじ棚に上がって足が震えるときは、跡を継いでくれる人はいないかなあ、と弱気の虫が顔を出し、息子や孫の顔がチラつくそうだ。

これから先、後継者が現れてくれなければ、いつか、ふじの花屋敷をたたむ日を覚悟しなくてはならない。

花は生き物である。ふじは人見知りして、健さんでなければ素直に言うことをきかないほど、すっかり懐いて甘えている。

「これから1年でも長く、ふじのお守りをしたいんだけどねェ……」

ふじ棚を渡る爽やかな風に吹かれながら、健さんは再び竹細工の手を動かし始めた。

それからしばらくして、健さんは旅立って行った。（14・06）

杜蔭の青春譜

千本浜の潮騒が心地よい県立沼津西高校は、自然環境に恵まれた場所にある。

その西高の卒業生たちが母校の存続を願い、1万8000人の署名を集め、さきごろ静岡県教育委員会に提出した。

県教委は将来の少子化を見据え、沼津西高と駅北の山際にある県立沼津城北高校を統合する計画を進めている。

「統合計画を白紙に戻してほしい。それが無理なら、せめて西高の名前を残して」

そう訴える卒業生たちは西高の歴史と伝統を守りたいと強く願っている。想い出の学園生活に愛着を感じている卒業生たちは母校の行方がことのほか気がかりのようだ。

日ごろ、松林に囲まれた西高を眺めながら、千本浜を散策している私にとっても、他人事ではない気がしている。

西高には、沼津に移住したとき背中を押してくれた人生の縁を感じているからだ。

信州育ちの私が「沼津西高」という校名を知ったのは、小学生の頃だった。

いまは佐久市だが、当時は南佐久郡野沢町といって千曲川の清流が洗うのどかな山あいの町だった。その町の中心部に、県立野沢南高校という女子高があり、私たち家族はその木造校舎が見える住宅地に暮らしていた。

昭和20年（１９４５）の敗戦の後、復興が急ピッチで進んでいた。敗戦の痛手から立ち直った人々に、ようやく明るさが戻って来たころである。

沼津西高と野沢南高の生徒たちが夏休みを利用して生徒の交流を始めた、という話が町の話題になり、鼻たれ坊主の私たちにも聞こえて来た。

それは、臨海・林間学校による女子高同士の交流だった。

夏休みに入った7月末、野沢南高の女生徒たちが沼津を訪れ、松林が広がる千本浜海岸で海水浴を楽しんだという話を聞いて、子ども心に沼津への想像の世界が広がっていった。

沼津は海があっていいところらしい。いつか行ってみたい……「沼津西高」という校名が記憶に宿り、小さな胸に沼津への憧れをずっと温めてきた。

沼津西高は、旧幕臣で、徳川家の静岡移封とともに沼津に移住し、沼津兵学校の教師となった江原素六先生らが明治4年（１９０１）に設立した私立駿東高等女学校から始まる。

その後、大正11年に県立沼津高女、戦後は学制改革で一時、沼津第2高校と呼ばれる時代を経て、昭和24年に沼津西高という校名で再出発し、今日に至っている。

「西高１００年史」によると、焼け跡から立ち上がった戦後はすべてが新らたな出発だった。沼津駅の北側にあった海軍工廠の仮住まいの校舎からようやく千本松原の新校舎に移り、先生も生徒も歓びと希望にあふれ、活気がみなぎっていたという。

その新生沼津西高の基礎を築いたのが、式守富司という校長先生である。

式守先生は33歳の若さで西高の校長に赴任し、さまざまな困難と向き合いながら、戦後の新しい教育を目指し試行錯誤を重ねた。

同校の卒業生で奈良女子大を卒業され、教師の道を歩み始めた海野佳子さんは、昭和22年4月に母校の西高に赴任された。その2年後に式守先生が校長として赴任してきたという。

「式守先生はお心遣いをされ、一人ひとりの教務日誌を、丁寧に目を通されていました。そして、常に生徒の家庭の問題を気に留められ、私たち若い教師を指導してくださいました」

教師が不足していて、それぞれの教室で先生が教壇に立ち、生徒を前に授業する当たり前のことが難しい時代だった。

教育の民主化に力を注ぐ式守先生は教師不足を補うために、畳敷きの部屋で学年ごとにテーマを決めて座談会を開き、生徒に自由に討論させ民主主義を育てる授業を試みた。

座談会では、将来の「結婚」や、「恋愛」なども話題に取り上げた。

戦時下で自由を束縛されてきた生徒たちの間には、「自由」というものをどう受け止めていいか戸惑いがあった。

そこで式守先生は、外部から講師を招き、「アメリカの文化について」「英日の家庭について」などの講演会を開いたり、生徒に映画を鑑賞させたりして、困難な時代を乗り切ろうとした。

そうした教育哲学の先にあったのが、式守先生自らが発案した野沢南高との交歓会だった。

そのころ、生徒たちの旅行と言えば、歴史のある京都や奈良を訪ねる3泊4日の修学旅行だった。それに加え、生徒たちに見聞を広めさせようと、式守先生はできるかぎり日本各地を旅行させたいと考えていた。

「西高の生徒は開放的で明るい。そこに落ち着いた深みを備えさせてあげたい。そのためには、山の学校と交流するのが一番、理にかなっているのではないか」

そんな教育哲学を標榜《ひょうぼう》する式守先生は、自身のツテを頼りに相手校を探し、信州佐久地方にある野沢南高の校長先生と意気投合した。そして、昭和26年に初めての交歓会をスタートさせたのだった。

夏休みの間は、両校とも校舎が使われていない。

「家庭科の教室を利用すれば食事も自分たちでつくれる。そうすれば、経済的な負担も少なくて実現できるはずだ」

と、この交歓会の計画を積極的に進めた。

交歓会は４泊５日の日程だった。参加するのは２年生。両校とも参加者は毎年１００人を超えた。

夏休みに入る7月末にまず、野沢南高の生徒たちが海の町・沼津にやってくる。

野沢南高生の海の旅が無事終わり、月が変わって８月に入ると、今度は沼津西高の生徒たちが標高の高い信州に出かけ、山と高原の旅が始まる。

まだ、特急電車がない時代である。先生や生徒にとって長い、長い汽車の旅だった。

西高生は東海道線で沼津から富士に行き、富士駅から身延線で甲府へ。甲府から中央線に乗り換えて小淵沢で下車。そこで高原鉄道の小海線に乗り換えて中込駅で下車する。駅から野沢南高まで徒歩30分。ざっと10時間の長旅である。

年によっては、東海道線で沼津から東京へ向かい、東京から信越線に乗り換えて小諸へ。小諸駅から小海線で南下し中込駅で下車するコースもあったという。

両校の夏休みの交歓会は10年ほど続いた。

沼津西高生は、八ヶ岳に登ったり、神津牧場や浅間高原をハイキングしたりした。また、避暑客でにぎわう軽井沢を散策し、小諸城址では島崎藤村の歌碑の前で、「小諸なる古城のほとり」を合唱した。

一方、野沢南高生は駿河湾沿いに広がる千本浜で海水浴をしたり、夜は夏祭りに出かけ、狩野川の花火を楽しんだりした。また、三保の松原や登呂遺跡にも足を伸ばした。南高生は千本浜の小石を、西高生は高原で摘んだ草花をおみやげに持ち帰った。

昭和31年に西高を卒業した同窓生のSさんという80歳の方が、「懐かしい思い出」として、つい最近、「沼津朝日」に投稿されていた。

「高校2年のとき交歓会の話があり、絶対に行きたいと思いました。でもわが家の状況を考えると、母親に切り出せません。やっとの思いで話をすると、OKしてくれたのです」

Sさんたちは軽井沢で、タレントの鰐淵晴子を遠めに眺めたり、小諸の懐古園で友人と写真を撮ったりした。今も、懐かしい青春の思い出を忘れられないという。
八ヶ岳登山にも挑戦し、山歩きの人たちが互いに「こんにちは」とあいさつするのを初めて知った。Sさんは校長の式守先生について、

「厳しい先生で、私たちは尊敬の念と共に、怖い先生だなという思いもありました」と、懐かしく振り返る。

少年のころから憧れていた沼津に暮らして、もう27年が過ぎた。故郷を出てから転々と住処を変えてきたが、この町が人生のなかで一番長くなった。

浮気などしないで、余生を沼津ひと筋で生きてゆきたい。（18・05）

賢治を追いかけて

ＪＲ三島駅の新幹線口を出ると、右手に詩人の大岡信さんの作品を収蔵、展示している「大岡信ことば館」がある。

ここで、「宮沢賢治の世界」という漫画の作品展が開かれ、発想が奇抜で興味深かい作品が展示されていた。

作品展を開いた漫画家のますむらひろしさんは、賢治が書いた童話を猫のキャラクターで描いている。賢治が生きた時代、彼が見つめ、追い求めていたものは何だったのか。それをテーマにしていた。

だが、賢治の思想や世界観を理解するのは、漫画の世界でも容易なことではない、というのが、作品展を見た私の感想である。

盛岡市の中心街を流れる北上川の畔に、レトロな一角がある。

「光原社」と呼び、鉄器や漆器、小物雑貨などを扱いながら、おしゃれな喫茶店も営んでいる。

賢治が１９２４年（大正13）に、生前、唯一の童話集「注文の多い料理店」を発刊したところとして知られている。

光原社を訪れた日。ギャラリーの入り口で、染色工芸家の柚木沙耶郎さんが書いた言葉に出逢った。

「賢治を追いかけてイーハトーブを歩いても、結果は徒労になると思う。自然界の輪廻の中に、人も組み込まれていることを、一歩離れてみている賢治の大きさに帰依したい」

イーハトーブとは、賢治が自ら造った言葉で、心象の世界にある理想郷である。自身が生まれ育った岩手をモチーフにしているともいわれるが、定かではない。

賢治の生まれ故郷である岩手県花巻市を訪ねてみたいと思った。

まずは、宮沢賢治記念館で賢治の足跡を追ってみようと、東北新幹線の新花巻駅で降りた。

秋が深まり、匂いたつ花巻の田園風景を前に、しばらく立ち尽くした。

駅前のロータリーで客待ちのタクシーに乗り込み、

「賢治の記念館に行ってください」

そう告げると、無愛想な運転手は振り向きざまにこう言った。

「お客さん、賢治のことを知りたいと思うなら記念館に行くだけではとても、賢治を理解することができないと思うよ」

確かに、運転手がおっしゃる通りだろうと思った。分かってはいたが、運転手がいきなり高飛車な態度で言ったのが気に入らなかった。運転手の誘いを断わり、記念館に向かった。

記念館の中を一巡してみて、確かに運転手が言った通りだった。

その時代に生きる人びとを包み込み、賢治がフィールドとした花巻の大自然。その中にしばらく身を沈めてみなければ、奥深い賢治の世界観に迫るのは難しいと感じた。

賢治は１８９６年（大正13）の８月、花巻市に生まれた。

祖父の代から質屋と古着店を営み、貧しい農家が多かったこの地方では、かなり裕福な家庭に育った。

だが、賢治は幼いころから病気がちで結核を患い、１９３３年（昭和８）９月、37歳の若さで短い生涯を閉じている。

多くの人に知られ、口ずさみ、語り継がれている、あの「雨ニモマケズ」の詩は、賢治が死と向き合う2年前に病床で綴り、亡くなった後、見つかったものだという。

地元の尋常小学校を卒業した賢治は岩手県立盛岡中学に進学した。だが、立身出世には全く関心がなかった。ただ、自然に憧れ、文学に親しんだ。

山の鉱石や、植物、夜空の星などに興味を抱き、科学と文学を融合した自身の童話にみられるような独特の世界観をつくりあげていった。

幸せとは何か――

人の歓びや苦しみを自分のものにするにはどうすればいいのか――

法華経を信仰し、家業の質店を継ぐことを嫌った。

盛岡高等農林（岩手大学農学部）を卒業したあと、研究助手や宗教団体の職員、花巻農学校の教師などをしながら好きな詩や童話を書き続ける。

新花巻駅から３キロほど離れた、アカマツやコナラなどの針葉樹と広葉樹が茂る森の中にある記念館はこの春改装したばかりだった。

周囲には北上川や早池峰山など、少年のころ賢治の思いを育んだ透明感あふれる田園風景が広がっている。

この日も、全国から大勢の人たちが訪れ、賢治を知りたいと思っている人たちの多さに改めて驚いた。

賢治の世界は広いうえに、多様で、しかも重層的である。

賢治の短い生涯の足跡をまとめたモノトーンの空間は、「宙《そら》」「科学」「芸術」「農」「祈」をテーマに掲げ、最新の映像技術で心象風景を描き、賢治の人間像を多面的に紹介している。

賢治は、その生涯に８００篇の詩と、９００首の短歌、それに１００作の童話を世に送った。

文学だけでなく、農業や鉱物学、趣味の音楽などさまざまな分野で、今も研究者や愛好家は少なくない。

私は、今度の旅で、濃密に凝縮された生涯を生き抜いた宮沢賢治の素顔を、少しでも知りたいと思った。

「農」のコーナーで、「下ノ畑に居リマス　賢治」と書かれた伝言板の映像が目を引いた。

人生遍歴を重ねた賢治は村の貧しい農民を幸せにしたい一心で、新しい生き方を模索し続ける。田畑が広がる村の高台に小さな事務所を構え、農民のコメ作りの指導に奔走した。

自身が畑に出ていて留守にしているときは、この伝言板を自宅の玄関先に置いて、相談にやって来る農民たちに知らせていた。手づくりの伝言板から、賢治のやさしい心遣いが伝わってくる。

「世界全体が幸福にならないうちは、個人の幸福はありえない」

こう語っていた賢治が悩み、苦しんだ人生のゆきつく先は、命あるものすべてを愛し、誰もが幸せになる社会を目指すことだった。

帰り際に、記念館のショップで童話集「注文の多い料理店」を買い求め、帰りの新幹線の中で読んだ。

――猟銃をかつぎ、都会から山に来たふたりの紳士が、

「早くタンターンとやってみたいものだ」

などと浮かれているうちに、突然、風が吹いてくる。そして、やがてふたりは不思議な世界に遭遇する。

道に迷ってしまい、腹ペコのふたりは注文の多い料理店を見つけた。

店に入ると、次々にドアが現れ、その度に注文が書いてある。ふたりは注文をする客のはずなのに、逆に料理されて食べられてしまいそうになる怖い物語だ。

貧しい農山村に暮らす人びとが、経済的に豊かな都会の文明に対する反発の感情を時代背景にして、物語は描かれている。

沼津市立図書館で読んだ童話集、「なめとこ山のくま」からは、人間が生きる辛さや哀しさが伝わってくる。

……くま獲りの名人、淵沢小十郎は一家を養うために仕方なく猟をしている。

「くま、お前を憎くて殺したのではねえんだぞ。こんどは熊なんぞに生まれるなよ」

そう言って、くまを撃ち殺して生計を立てる小十郎と、殺されるくまは因果な関係にある。そして、小十郎はやがてくまに逆襲されて殺されてしまう。

立場が入れ替わったくまは、最後に、

「小十郎、お前を殺すつもりはなかった」

と、言った。

人間と動物は、喰う、喰われるという一方的な関係にある。喰われる側に立ち、生きとし生けるものにはすべて仏性があり、平等だという賢治の思想が、この物語からそこはかとなく立ちのぼって来る。

賢治が没して82年になる。その賢治が今もこれほど多くの人たちから注目されているのはなぜだろう。

宗教学者の山折哲雄さんは、宮沢賢治についてこう語っている。

「賢治には地質、天文学者、童話作家、詩人などの顔があり音楽にも造詣が深い。人間の可能性のすべてに挑戦した。21世紀の地球は自然環境と共生していくべきだというメッセージ性がある」

私たちが暮らしている現代社会が見かけは便利で豊かになっても、多くの人は、ほんとうの幸せというものが実感できないでいる。

それは、日々の生活に、どこか満たされない思いがあるからではないか。（15・12）

電車でお買いもの

夏の盛りの日曜日のことだった。

午後になると猛烈な暑さに見舞われ、それに拍車をかけるように公園の林でセミが激しく鳴いていた。

沼津駅の南口にある、歩いて10分ほどの書店に向かった。強い日差しを避けたいと思い、冷房の効いた商業施設のビルの中を通り抜けて行くことにした。

1階の売場を横切って正面玄関から外に出ようとしたとき、玄関ホールで右に左に行ったり来たりしている男女ふたりの人影が目に入った。

どうしたんだろう？

60歳前後と思われる男女のペアで、何か探しているようだ。

ふたりともそれぞれ肩からショルダーバッグを下げ、男性は半そでのスポーツシャツ、女性は白いブラウスにスラックス姿でこざっぱりとした身なりをしている。

ご夫婦と思われるが、それぞれ細くて長い杖、いわゆる白杖を小刻みに動かしながら、足元を確かめるように右に左に歩いていた。

だが、壁やドアに行く手を遮られてしまい、行ったり来たりして思うように進むことができない。そのうち、銀行のＡＴＭコーナーの囲いに体がぶつかりそうになった。

「あ、危ない！」

私は思わず叫んで、小走りにふたりに近寄り、声をかけた。

「どうしましたか？　どちらへ行かれるんですか？」

細面のご婦人が私の方を振り向いた。

「2階にある無印良品という店に行きたいんです。いま、階段を探しているところなんですが、どこにあるのかわかりません」

やはり、ご夫婦だった。お互いに目が不自由である。

私は急いでいなかったので、2階にある「無印良品」という店に案内することにした。

「その店までご案内しますので一緒に行きましょう。エレベータを使っていいですか」

そう尋ねると、ご婦人は安心したように口元を緩め、丁寧に言葉を返した。

「ありがとうございます。申しわけありません。それではあなたの肩に手をかけさせていただきますが、よろしいですか」

「はい、どうぞ」

そんなやりとりをして、私は少ししゃがむように腰を落とし、右肩を差し出した。

ご婦人は左手を私の右肩に載せた。ご主人も奥さんの肩に背後から左手を置き、３人が一列になった。

「間もなくエレベータが来ます。よろしいですね」

「はい、お願いします」

準備が整ったのを確認して、エレベータの前へ歩いた。

私を先頭に数珠つなぎになって上りのエレベータが来るのを待った。夏休みの日曜日のせいか、大勢の人が待っていた。

思いもかけず、私は電車の運転士と、安全を確認しながらアナウンスをする車掌の一人二役を演じることになった。

「間もなく、エレベータが来ますよ。しっかり肩におつかまり下さい」

そうアナウンスすると、緊張しているのだろうか、私の肩にご婦人の手指の力と緊張感が伝わって来た。ふだん、ふたりだけだと周囲に迷惑がかかると思い、エレベータを使わないのだろうか。エレベータは乗降客で混み合っていた。

２階でエレベータを降り、20㍍ほど先にある無印良品の店に向かった。

「何をお買いになるんですか」。そうたずねると、

「私のレインコートを買いたいと思いまして……」

ご婦人がそう言ったので若い女性店員に声をかけ、雨具のコーナーに案内してもらった。ご婦人はベージュのレインコートを手にとって、羽織ってみた。

「お似合いですよ」

そう、声をかけると、ご婦人はうれしそうに口元を緩め、そのベージュのレインコートを手に取り、店のカゴに収めた。すると、今度は七分袖のブラウスも欲しいと言った。あいにく七分袖のブラウスはなかった。

でも、ブラウスの棚に薄い、肌触りの柔らかそうな長袖のブラウスがあった。若い女性店員は白地に薄いブルーのストライプが入ったブラウスを薦めた。

「ストライプの太さはどのくらいあるんでしょうか」と、ご婦人が尋ねた。

すると、店員は急いでテープ状のメジャーをカウンターから持ってきて、ストライプの幅を測った。

「ストライプの幅は5ミリほどありますね」

ブラウスを手にとり、羽織って感触を確かめてみたご婦人は、自分の姿を想像していたのだろう。しばらく考えている様子だった。

「爽やかでいい感じです。とてもお似合いですよ」

私がそう声をかけると、ご婦人の口元が少し緩んだ。黙って傍らに立ち、やりとりを聞いていたご主人の口元もゆるんでいた。

私が運転するお買い物電車は再び列を整えて、代金を支払うためにレジのあるカウンターへ向かった。

ショルダーバッグから財布を取り出したご婦人は、現金で代金を支払った。そして、つり銭とレシートを受け取ると、指先でつり銭を確認して財布に収めた。

目の不自由なご夫妻のショッピング風景を眺めていて、私はさまざまなことを感じ、考えさせられることが多かった。

人間は、「目で見る」、「耳で聞く」、「鼻で嗅ぐ」、「舌で味わう」、「手で触る」の五感を使って日常生活を送っている。

でも、私たちはふだん、あたりまえのように、無意識のうちに見たり、聞いたり、食べたりしていることが少なくない。五感の大切さやありがたさを自ら意識し、神経を集中することはほとんどない。

この日、目の不自由なご夫婦に出遭い、つかの間、一緒に買い物のお手伝いをしてみて何か大切なことに気づかされたような気がした。

鏡の前で自分の姿を見ることができない視覚のハンディを、聴覚や触覚などさまざまな感覚を総動員して、新しいブラウスを着た自身の姿を想像していたのだろう。

傍らに立っていた私の感想を参考にしたのかも知れない。

それは、いま与えられている人生をよりよく生きようとする気持ちの表れにほかならない。

無印良品の店を出たあと、ご夫妻が夕食の買い物をしたいというので、さっきと同じようにエレベータに乗り、地下1階にあるスーパーマーケットに案内した。

ご夫妻はこのスーパーに週に一度訪れ、ショッピングを楽しんでいるという。スーパーの女性従業員に、魚や肉、野菜など購入したい食品を伝えると、従業員が食材を揃えてくれる。

その間、ご夫婦がいつも座って待っているというベンチに案内したあと、私はふたりに、「気を付けてお帰り下さい」と声をかけ、エスカレータで1階に上がった。

あの目の不自由なご夫妻はベンチで待っている間、きっと、今夜の夕食の献立を考え、話し合っているに違いない。

自分たちの手でお料理をこしらえ、研ぎ澄ました味覚と嗅覚できっと歓びに満ちた日曜日のディナーを楽しむことだろう。

私は商業ビルの外に出て横断歩道を渡り、書店に向かった。一瞬、ムッとするような熱気に包まれたが、やがて一陣の爽やかな風が吹き抜けていった。(16・08)

昆虫たちの夏

夜明けとともに、公園の林でセミが一斉に鳴き始めた。

ジージー、ジリジリ、ジー……今朝は、セミ時雨に急かされるように目を覚ました。夏の間、セミはわが家の目覚まし時計である。

夕べは蒸し暑くて寝苦しかった。薄い夏掛けを蹴とばし、あられもない格好で寝ていたようだ。

今日は週末の金曜日。生ごみの回収日である。ゴミ処理係の私は、朝起きると3ＬＤＫのリビングや和室を中心に掃除機をかける。

掃除機から塵を取り出し、野菜や魚の骨などキッチンの生ゴミ、紙くずなどと一緒にビニール袋に詰め込み、50㍍ほど離れたゴミステーションに運ぶ。

いつものように、ゴミ袋を下げて玄関を出た。少しでも足腰を鍛えようと、エレベータを使わず、4階から階段を降りてゆく。

途中、階段や踊り場でアブラゼミが仰向けに寝転び、ひと休みしていた。

恋しさのあまり朝早くから鳴き続けていたので疲れてしまったのだろう。セミはストレッチ体操をしているようにゆっくりと足を動かしている。

このまま寝かせておいていいものか？　仰向けになってしまったら、平らなコンクリートの上では起き上がることができないだろう。

手の指先で羽に触れると、蝉は手足を動かし羽をブルブルと震わせた。

なにしろ、幼虫期に土の中で過ごし、地上に現れた成虫の命はたった2週間ほどだというから、まことに儚い命である。

力の限り生きてほしい。そう願って、指先をセミの背中とコンクリートの間に入れるようにして手のひらに載せ、青空に向けて放った。セミは元気よく羽ばたき、街路樹のモミジバフウの葉陰に消えた。

数年前に訪ねたことのある山形県・立石寺の蝉しぐれを思い出した。長い石段の入り口に、芭蕉の句碑が立っている。

　閑かさや岩にしみいる蝉の声

芭蕉が元禄2年7月、奥の細道の旅の途中に立ち寄った立石寺で詠んだ句である。

かまびすしいセミの鳴き声を耳にしながら、芭蕉が静寂の境地に至ったのはなぜだろう。

京都大学こころの未来研究センター教授の広井良典さんは、研究テーマの「死生観」の中で、立石寺の蝉しぐれについて、こんなことを書いている。

短い一生を命のかぎり泣いている蝉とその声は、まさに「生」の象徴であり、「岩」は死の象徴だ。セミの声が岩に「しみ入る」というのは静寂を舞台に「生」と「死」が融合するという世界観を表現したものであると思っていた。

しかし、「岩」は、死の象徴というよりも、むしろ根源的な「生命」、究極の「存在」を表すもので、静けさの中でセミの声が染み入るというのは、それが生命や存在の根源に融合するイメージではないか——

鳴いているのは雄である。雌に自分の存在をアピールし、恋をして次の世代へバトンタッチの準備をする。やかましい蝉しぐれも、奥が深い。

もうすぐ、ミンミンゼミの鳴き声も聞こえてくるだろう。暑さが峠を越すころ、ヒグラシや、ツクツクボウシの出番もやってくる。

7月末の朝、蝉しぐれに起こされ、顔を洗っていると、興奮した声が聞こえて来た。

「ベランダに、大きなカブト虫がいるわよ」

わが家に、カブト虫の来客とは珍しい。狭いベランダのコンクリートの上で、黒褐色の大きい、立派な角をもった雄のカブト虫が仰向けにひっくり返っていた。トゲのある足を盛んに動かし、体を起こそうともがいている。

どうして、こんなところに……不思議に思いながら、カブト虫に夢中になっている小学生のH君の顔が浮かんだ。

三島市内に住んでいるH君は夏になると、父親と一緒に自宅近くの雑木林に入り、クヌギの樹液を求めてやって来るカブト虫を捕まえ、自宅で飼育している。

「こんな大きなカブト虫、Hちゃんは大喜びするだろうね」

ちょっと迷ったけれど、そのカブト虫を新聞の折り込みチラシの上に載せ、蝉が鳴いている公園に連れて行った。

大きな桜の木の下で、近所のお爺さんがベンチに腰掛けて、涼んでいた。

「マンションのベランダに大きなカブト虫がいたんですよ。どこに放したらいいでしょう」

そう、お伺いを立てると、

「あの大きな桜の木はどうだい。子供たちに見つからないように、放してやりな……」と、指を差し、念を押すように言った。

カブト虫は太い幹につかまると、樹液を求めて上へ、上へと元気に登っていった。

翌日も猛暑だった。

いつも午後になると、愛鷹山の方から心地よい風が吹いてくるのに、この日は無風状態でむし暑い。たまらず、リビングの窓を閉め切って、エアコンのスイッチを入れた。

冷房が効き始めたリビングでしばらく新聞を読んでいると、エアコンの様子がおかしい。

そのうち、ポタポタと滴が落ちはじめ、床の上に水溜まりができてしまった。

あわててエアコンのスイッチを切り、濡れた床を雑巾で拭いた。

このエアコン、12年前に近くの量販店から購入したものだ。翌日、その店に電話をして修理を依頼した。1週間ほどして作業員がやって来た。

作業員は事件現場にやって来た捜査員のように、水漏れしたときの状況を私から詳しく聞き取り、あれこれと推理していた。

それから、おもむろにエアコンのカバーをはずし、現場検証に入った。

「本体の内部は、きれいだ。異常なし……」

そう言うと、持ってきた道具入れから手動式のポンプを取り出し、ベランダに出た。

エアコンの本体からベランダに伸びている直径2センチ、長さ3メートルほどの塩化ビニールの排水管の出口にポンプの先を差し込み、力いっぱいハンドルを引っ張った。

スポーン！　大きな音がして、ゴミくずのような黒ずんだ物体がベランダに飛び散った。

「あっ、カナブンじゃねえか」

作業員は、「こいつが犯人だ」と、言わんばかりに叫んで大笑いした。

カナブンの体長は2・5センチほど。コガネムシより少し大きい。金属製の光沢のある羽が特徴である。ポンプで吸い出された黄緑色に光るカナブンの死骸が、日に焼けて熱くなったコンクリートの上に無残に散らばっていた。

カナブンは細い排水管に入り込んだまま出られなくなり、不慮の事故死を遂げてしまった。その死骸がエアコンの排水の流れを堰き止め、エアコンが故障してしまったのである。人間が築いてきた高度な文明社会も、自然界を生きる小さな虫に思いもよらぬ弱点をさらけ出し、足をすくわれた真夏の事故だった。

夏は小さな命とめぐり逢い、別れを惜しむ季節である。

それから数日経った夜、アブラゼミが律儀にもわが家を訪ねて来た。リビングの網戸にしがみつき、ときどき、ジリ……ジリ……、と、気を引くように鳴いて、こちらの様子をうかがっている。

明日をも知れない儚い命。鳴き明かした夏に別れを告げ、「お騒がせしました」と、わざわざわが家に挨拶に来てくれたのだろうか。

夜も更けてきた。早起き老人は眠くてたまらない。律儀なセミくん、今夜はお先に失礼するよ……（17・08）

風のテラスで

真夜中に凄まじい唸りを発して、超大型の台風が通り過ぎていった。

翌朝。陽光が差し込むリビングの窓を開けると、爽やかな初秋の風が吹いている。台風一過、沼津の夏がようやく終わった。

しかし、爽やかな季節もつかの間で、秋はいつも駆け足で去ってゆく。晩秋の風が吹く日も、そう遠くはないだろう。

それにしても、昨晩、猛り狂った暴風には、久しぶりに自然の脅威を思い知らされた。日本列島は「台風銀座」と言われ、気象学的にこう定義されている。

北西太平洋や南シナ海の辺りで発生し、中心付近の最大風速が毎秒17・２㍍を超える強い風を「台風」と呼ぶ。

台風の渦巻きの大きさは、直径が５００㌔から大型のものになると２０００㌔にも及ぶというから、日本列島の本州がすっぽり入るほどの大きさだ。

静岡地方気象台によると、9月30日の深夜から10月1日未明にかけて駆け抜けた台風24号は、瞬間最大風速が御前崎で46・8メートルを記録した。ハリケーン並みだ。

今年は台風の当たり年である。すでに25個の台風が発生し、そのうち5個が日本列島に上陸した。確立は20％。海に面した沼津でも、暴風が運んで来た潮風による塩害で大規模な停電被害を受けた。

マンション4階のベランダに出てみると、スチールの柵や網戸が粉を吹いたように真っ白になり、鉢植えの花も萎れかけていた。

大通りを見下ろすと、街路樹のアメリカフウの葉が枯れたように赤茶けていた。

強風が駿河湾の高潮を巻き上げて激しく吹きつけたのだろう。付着した塩の結晶を洗い流すのに手間がかかり、2日がかりの作業だった。

風は、気象学的には「大気の流れ」と定義されている。気圧の高いところから低いところへ空気が移動する状態を指すが、同じ風でもそよぐ風は肌にやさしく、心地よい。

一方、荒々しく吹きつける風は、気分をイライラさせ萎えさせる。風は両極端である。

「隙間風」、「順風満帆」、「風の便り」、「風通し」……風で表現する言葉は日常の暮らしの中でも慣用句として多く登場する。それほど風は人間の暮らしとかかわりが深い。

このごろ、風力発電も自然エネルギーとして人間の暮らしにすっかり溶け込んでいる。しかし、姿の見えない風は不思議な「生き物」のようでもある。

〽誰が風を見たでしょう　僕もあなたも見やしない　けれど木の葉をふるわせて……

昔から童謡に歌われているように、目で確かめることのできない風は、軒先の洗濯物や木々の梢の揺れ、吹く音、それに肌の感触など五感を通して感じるしかない。

季節の移り変わりとともにさまざまな風が吹く日本列島は、豊かな「風の国」である。

春一番、東風《こち》、薫風、落ち葉風、空っ風、神風……日常使われている、風の慣用語は2000を超え、自然の豊かさを象徴している。

風の功罪は大きいけれど、風は昔から日本人の感性を育んできたことも確かだ。

小説の題材になったり、俳句や詩歌に詠まれたり、童謡やポピュラーソングとして歌われたりしている。風は多くの人びとをロマンチックな気分にさせる。

図書館に出かけて、現代文学作品を収めた棚を眺めてみると、「風」を題名にした小説が目につく。

「春風落月」「風の記憶」「風光る」「風河」「風紋」「風のかたみ」「風が渡る町」……

堀辰雄の名作「風立ちぬ」は、八ヶ岳高原のサナトリウムで、不治の病といわれた結核の療養をする婚約者に寄り添い、人間の愛と死を描いた小説である。

俳優の榎本孝明さんは水彩画家でもあるが、風に身をまかせてよく旅をするそうだ。

「風はいつも私の旅心をくすぐる……なんといっても風の自由気ままさがよい」と随筆に書いている。

沼津に暮らして30年になるが、私はさまざまな風が吹く日々を過ごしてきた。沼津は風が豊かな町だ。

駿河湾の海から吹きすさぶ潮嵐。千本浜海岸から吹きよせる浜風。松林の梢を鳴らす松籟。狩野川の川面を渡る川風はさわやかだ。

旧制沼津中学に通っていた作家の井上靖は潮騒が聞こえる千本浜や、少年のころ夢を育んだ狩野川で遊んだことを自伝的小説「夏草冬濤」に書いている。

井上は、松風をこよなく愛し、千本浜の近くに住処を求めた歌人、若山牧水についてこんなことを言っている。

「牧水の碑はいいところに建っている。駿河湾の荒い波と松籟の音に四六時中包まれている」

井上自身も松籟が心地よかったのだろう。

小説家の芹沢光治良は少年のころ、風を嫌い、風と闘った。

しかし、晩年は自身を育んだふるさとの風に、こころからエールを送っていた。

生まれ育った我入道は狩野川河口の貧しい漁村で、冬は強い西風が吹く。出漁ができないので我入道の漁師たちは飢餓に耐えていた。

そんな光景を目にしていた少年の頃を思い起こして、光治良は、

「西風が吹くと部落は萎れる。そして風が凪ぐと、全体がため息をついた」

と、表現している。

さらに、随筆「異郷に浮かぶ富士」に、自身のことをこう書いている。

「私の文学と人間の中の、明るいがしんの強さも、太平洋を渡って吹き付ける激しい冬の西風と、幼いころから闘って自然につくりあげられたもののようである」

台風が去った数日後、私は、我入道海岸に建つ芹沢光治良の文学碑「風に鳴る碑《いしぶみ》」を訪ねた。海岸に沿って防波堤の脇に建つ高さ4・5メートルの碑は昭和38年の春、有志によって建てられた。強い西風が吹くと、碑そのものが共鳴してヒューヒューと鳴る。

幼いころ、この浜辺に立って海を眺め、風の音を耳にして異国に憧れた少年、光治良の思いを表現している。

しかし、碑は長い間、潮風にさらされ腐食が激しい。近寄ってみると、碑のコンクリートが劣化し、剥がれ落ちて無残な姿をさらしていた。

その度に補修しても、強烈な潮風ですぐに腐食し、惨めな姿になってしまう。光治良は生前、

「あの碑《いしぶみ》は朽ち果てるままにしてほしい」と、言っていたそうだ。

きっと、生まれ育った我入道の厳しい自然への思いが強かったのだろう。

穏やかな秋日和に恵まれた日の昼下がり。

上土町のケヤキ並木通りにあるリバーサイドホテルの裏を流れる狩野川河畔の風のテラスで日向ぼっこをした。

その日は、町の伝統行事である「きつねの嫁入り行列」の日だった。風のテラスには、顔を白く塗ってきつねのように化粧した市民が大勢集まり、にぎやかだった。

しばらくすると、一隻の渡し船が、港の方から川を遡って来た。

その渡し船には白無垢、角隠し姿のきつねの花嫁さんと羽織袴の親族が乗っていて、勢いよく川風を切り、テラスに近づいてきた。

花嫁さんがにこやかに手を振ると、待ち構えていた紋付、袴姿の婿さんと老若男女のきつねたちが祝福の歓声をあげて出迎えた。

接岸した舟から花嫁さんがゆっくりとテラスに上がると、神主さんがきつねの嫁入りの儀式を厳かに執り行った。

きつねの新郎新婦を祝福するように、白いコンクリートのテラスを一陣の金風が爽やかに吹き抜けていった。（18・10）

殿！ご安心くだされ

銘木の「飫肥杉」で知られる宮崎県の飫肥《おび》は、忘れることのできない「わたしの城下町」である。しばらくぶりに、その城下町を訪ねた。

ＪＲ宮崎駅からローカル線の日南線に乗って1時間20分。のどかな各駅停車の旅である。

海岸沿いに南国の風情を漂わせるビロー樹の並木が続き、その向こうに日向灘の青い海が広がっている。

酒谷川が流れる、小高い丘の斜面に広がる小さな城下町は、その日、やわらかな春雨に包まれ、紫に煙っていた。

駅前でタクシーを拾った。美しい家並を通り抜け、ゆるやかな坂道を上がると、飫肥杉をふんだんに使った剛健な大手門が現れた。

苔むした石垣と、整然と立ち並ぶ武家屋敷が昔日の面影を宿し、往時を偲ばせる。

私は32年前、この城下町を訪れている。

それは、戦国時代から続く飫肥城下に一大事が起こったからだった。かつて飫肥の藩主で、天下の名城を長い間守り続けて来た伊東家の当主、伊東祐淳《すけあつ》さんが、ついに城を明け渡す決意を固めたのである。

戦前は貴族院議員を勤めたこともある祐淳さんは、そのころ東京都内で静かに余生を送られていた。

祐淳さんがたまに飫肥に里帰りすると、町の人たちは祐淳さんを「大殿」と呼んで敬意を表した。なかには直立不動で頭を深く垂れて出迎えるお年寄りも少なくなかったという。

この天下の一大事を聞きつけて、私はある日、大殿が暮らす東京・渋谷区松濤の高級マンションを訪ねた。

立派な床の間を備えた広い畳の部屋に通された私は、城の明け渡しについてじっくり話を伺おうとしたのだが、大殿には迷惑千万この上なかったのだろう、多くを語りたがらなかった。だが、こちらのしつこさに観念したのか、しばらくして重い口を開き、苦しい胸の内を明かした。

「こうすることが、20年もの間ずっと考え続けて来た私の結論です。親が遺してくれた財布を子が守るのが世の習いであります。そう、思うと、正直、私の心中は複雑でございます」

苦渋に満ちた表情の大殿はそう切り出すと、さらに言葉を続けた。

「さりとて、飫肥の城をこのまま子孫に遺して苦労をかけたくはありません。すべては私の責任で決断したことなのです」

大殿は広い座敷に正座したまま無念の思いをにじませ、ことの一部始終を淡々と語った。

恐らく高額の税金のことなど、お家の事情があっての決断だったのだろう。

なにしろ、そのころ個人が所有するお城といえば、桜の名所にもなっている愛知県の木曽川河畔にある犬山城。それに、岡山城の一部だけである。

伊東家と日南市が交渉した末に、飫肥城は３億２千万円ほどで日南市に譲り渡された。

「そろそろ飫肥城も公の財産にして、末永く管理した方がよろしいのではありませんか」

市民の間にもそんな声が高まっていたことも確かで、大殿にとってその決断は潮どきだったのかもしれない。

飫肥藩は５万２千石というから、わが沼津藩と同じ小藩である。

藩主の伊東氏は伊豆国田方郡の村里である伊東庄から出ている。将軍と主従関係で結ばれた武士、いわゆる関東御家人である。

その祖先は、かの有名な「曽我物語」の仇討ちで知られる工藤祐経《すけつね》に遡る。

鎌倉時代、祐経は源頼朝から日向国の地頭に任ぜられ、祐経の子である祐時《すけとき》が姓を伊東と改めた。

伊東氏は戦国時代、84年間にわたり薩摩の島津氏と飫肥城を巡って、激しい争奪戦を繰り広げた。

そして伊東佑兵《すけたけ》が天正15年（１５８７）、豊臣秀吉の九州征伐に加わり功績をあげたことから初代城主となり、戦乱の時代に終止符を打った。

徳川幕府になってからも、値打ちのある飫肥杉の植林など経済政策を次々と打ち出し、藩の財政を維持し続けた。

飫肥城は、明治4年の廃藩置県に伴う領地返還で、一旦は政府に没収されるが、明治23年に祐淳さんの祖父、祐帰《すけより》氏が国有財産の払い下げで買い戻し、その後3代にわたり所有し続けて来た。

東西７５０㍍、南北５００㍍の城域に、本丸、松尾ノ丸、中ノ丸、馬場などからなる広大な城である。

本丸は、今は飫肥小学校のグラウンドになっていて、大手門を入ると、直径1㍍を超す苔むした飫肥杉の美林が栄華を偲ばせる。

沼津で「寿太郎」といえば、値の張る特産の高級ミカンのことであるが、飫肥の「寿太郎」は、日露戦争のポーツマス条約で活躍した外交官、小村寿太郎のことである。

飫肥城のすぐ近くに子弟を教育した「振徳堂」と呼ぶ藩校がある。小村寿太郎も幼いころ、この藩校で学んだひとりだ。

歴史小説で知られた司馬遼太郎は小説「跳ぶが如く」のなかで、飫肥藩についてこんなことを書いている。

――江戸封建時代は、小型の藩ほど学問が盛んだった。飫肥藩の士風は、古来、武張り、壮士めいた気分のものよりも、「正直」という、いわば地味な徳目に主眼が置かれていた。飫肥の城下では、武士の勇ましさよりも、人間として篤実であることを教えていたということだろう。

生まれ故郷の飫肥を出て一躍国際人となった小村寿太郎も、「飫肥の正直」を実践した外交官だった。

伊東家から飫肥城を買い取った日南市は城を中心に歴史の町並みを残そうと、市民ぐるみの保存運動を呼びかけ城下町を復元した。今では、商人町も整備され、食べ歩きを楽しみながら、栄華の歴史を偲ぶ観光客も増えているという。

さっきまで降り続いていた小雨がようやく上がった。すがすがしい気分でゆっくり城下町を歩いてみることにした。

途中、小腹が減ったので飫肥名物の「天ぷら」を食べたいと思い、揚げたてを食べさせてくれる店を覗いた。天ぷらは、この地方では薩摩揚げのことである。

同じ小藩の沼津と飫肥――

とはいえ、近代の夜明けとともに、今日まで辿ってきた歴史はそれぞれ異なっている。明治維新を迎え、徳川の幕臣が創設した「沼津兵学校」が、一瞬のきらめきを放った時代もあったが、怒涛の如く押し寄せる近代化の波に呑み込まれ、沼津は次第に城下町の面影を失ってゆく。

一方の飫肥はどんな歴史を辿ったのだろう。

東京を起点とする近代の光は、飫肥の城下までなかなか届かなかった。しかし、その分、町の人びとに城下を守る気概を育ててきたことは確かである。

高度経済成長が一息ついたころ、列島各地で「まちおこし」が盛んになった。郷土の歴史にもう一度光を当て、新しい街づくりを競っているいま、飫肥の人びとは歴史遺産を大切に守り、歴史と文化、伝統に裏打ちされた街づくりに活路を見だしている。

フー、フー冷ましながら頬張った揚げたて、アツアツのじゃこ天は実に素朴な味で、歯ごたえがあった。

その店先で、飫肥藩士になったつもりで、大殿にひと言申し上げたい気分になった。

「殿！ご安心くだされ。飫肥の城下はまことに太平でございましたぞ……」（15・03）

子ねこの小銭入れ

風に吹かれて、あてもなく街を歩くのが楽しい。

「暇を持て余していないで、何かすることがあるんじゃないの……」

そんな声が聞こえてきそうだが、こんな気ままな暮らしが身について久しい。

明るく、自然が豊かな沼津は、ぶらぶら歩いて気分がいい町だ。自然と文明のバランスがほどよく調和しているからだろう。

昼食を済ませて一服すると、仕度して玄関に向かう。

小さな子どもたちは外に出て遊ぶのが大好きだ。人は老いてゆくとともに子どもに還ってゆくと言われるが、自分を見つめて、その通りだと思う。

その日は朝から激しい雨が降っていた。

テレビの気象情報によると、午後から風雨が強まるという。玄関のシューズボックスから長靴を引っ張り出し、大きな傘を手にマンションを出た。

ＪＲ沼津駅の南にある中心街の仲見世アーケード街を歩く。色とりどりの七夕飾りが風に揺れていた。30分ほど散歩したあと、行きつけのカフェでひと息入れた。雨と風が激しくなってきたので、早めに、わが家に向かった。

駅前交番を通り過ぎると、ＪＲ東海道線のガードが見えた。

狭くて、薄暗いガードを通るときは、緊張し身構えてしまう。この町に住んで20数年経つうちに、体が条件反射するようになってしまった。

ガードの手前に差し掛かったとき、5㍍ほど前を歩いていた女性の水色の雨傘がいきなり宙に舞った。

「あっ……」

叫び声が聞こえ、年配のご婦人が仰向けにひっくり返った。その瞬間、私も「あっ」と声を上げ立ち尽くした。

目の前に仰向けに倒れているご婦人に急いで駆け寄り、声をかけた。

「大丈夫ですか」

「うう……腰を強く打ってしまったんです。痛い……」

そのご婦人は滑って転倒したときに、濡れた歩道に腰を強く打ち付けてしまったようだ。

しきりに腰のあたりを手でさすりながら、顔をしかめている。その間も、雨は容赦なく降り注ぎ、ご婦人の顔や胸の辺りに雨が沁み込んでゆく。

私は急いでご婦人の背後にしゃがみ込み、背中の方からわきの下に両腕を突っ込み、体を起こして立ち上がらせようとした。だが、そのご婦人はとても大柄で見かけ以上に重い。こちらはきゃしゃで頼りない、ヤサ男である。

力を振り絞って懸命にご婦人の体を持ち上げようするが、ひとりではとても手に負えない。

そのとき、背後から女性の声がした。

「どうされましたか……大丈夫ですか」

主婦と思われる若い女性が近づいてきた。

「この奥さんが滑って、転んでしまったんです」

女性は、すぐさま差していた傘を脇に置くなり、ご婦人の背後から右のわきの下に自分の頭と首を突っ込んだ。私は腰の辺りを抱えて、二人で、ご婦人の体を持ち上げた。

「セェーノ、ヨイショッ」

互いに声を掛け合いようやく立ち上がらせることができた。

ご婦人は立ち上がってからもしばらく、身体をガードの入り口の壁に預けて、目を閉じたままじっと痛みを堪えていた。

ガードの手前に、排水用の浅い溝があり、その上に敷いてあった長さ2メートル、幅30センチほどの格子状の鉄板に足を滑らせてしまったらしい。

「すぐそこに駅前交番があるので、タクシーを呼んでもらいましょうか」

私がそう声をかけると、ご婦人は首を横に振った。

「いいえ、結構です。私は、すぐそこのホテルに泊まっているんです。ホテルに戻り、少し休めば、歩けるようになると思いますから……」

「そのホテルなら、私が帰る途中にあるので、一緒に行きましょう」

そう言うと、手を貸してくれた若い女性は、先を急いでいるらしく、

「あとはお願いしてよろしいですか。すみません」と、言い残してその場を立ち去った。

ご婦人と私は、足元が滑らないように互いに腕を組み、薄暗いガードをゆっくり歩いた。

ご婦人は2泊3日の予定で、昨日の午後、東京・町田市から沼津にやって来たのだという。

年齢は80歳くらいで、きちんとした身なりをしていた。

白髪をきれいに整え、薄いピンクのサマーセーターと、グレーのスラックスという装いで、新調したばかりのパープルの皮のシューズを履いていた。

「靴屋さんで、雨でも滑らないと薦められて買った靴でしたのに……」

そう言って、うらめしそうに足元を見つめた。

ホテルに宿泊予約もしないで、独りで沼津を訪れたというのだが、高齢のご婦人のひとり

旅が気になった。

「沼津にいらっしゃったのは初めてですか。どなたか、お知り合いの方がいらっしゃるんでしょうか」

「昔、香貫山の麓で5年ほど住んでいました。自然が豊かなこの町がとても気に入っていたので、昔を思い出して懐かしくなり、沼津の街を歩いて、新鮮なお魚を食べたくなったんです」

9年ほど前にご主人に先立たれ、今は東京・町田市で独り暮らしをしているという。

膝に持病を抱え、歩くのが不自由だが、少し痛みが和らいだので懐かしい沼津の旅を思い立ったのだという。

話を聞いて、私は、このご婦人はいまでも沼津という町に愛着を感じているんだな、と少しうれしい気分になった。

「お子さんはいらっしゃるんですか」

そう尋ねると、

「いいえ」

と、首を横に振った。

60㍍ほどある長いガードを通り抜け、宿泊しているというホテルにようやく辿り着いた。

ロビーで、リュックサックを背後から下ろしてあげた。

リュックサックは随分重かった。大切なものを詰めて持ち歩いているのかもしれない。

受付のカウンターで、従業員の女性にことの顛末を話し、部屋に戻る夫人を見送ろうとエレベーターの前に立った。

ドアが開いたので、別れの挨拶をして、立ち去ろうとすると、

「ちょっと待って下さい」

と、婦人は私を呼び止め、ショルダーバッグから何かを取り出した。

「お世話になったお礼です。猫ちゃんはお好きですか」

そう言うと、子猫の絵がプリントされた布製の小銭入れを3個取り出した。ご自身でつくられた小銭入れだという。

お礼を言い、小銭入れを上着のポケットに突っ込み、私はホテルを飛び出した。

帰宅してからも、しばらくあのご婦人のことが気になった。

独り暮らしの老いの寂しさを慰めてくれるはずの懐かしい町で、降りかかった災難。お気の毒としか言いようがなかった。

翌日は雨が上がり、抜けるような青空に恵まれた。

あのご婦人は、無事、東京に帰ることができただろうか。(15・08)

マキと桜と、健さん

終戦の前年、１９４４年（昭和19）に生まれた私は、あの戦争の過酷と、敗戦の悲劇を体験していない。

しかし、訪ねたことはないが、「知覧」という地名には、哀切な響きを感じて来た。周囲の大人から、あの太平洋戦争で多くの若い兵士が犠牲となった特攻隊の話を聞かされ、悲劇の町というイメージが強かったからだろう。

彼らは太平洋戦争末期の沖縄戦で上官の命令に従い、米軍の戦闘機目がけて、生還を期すことのない体当たり攻撃を繰り返し、尊い命を散らしていった。

知覧は、高級な「知覧茶」の産地としても知られている。初冬を迎えたころ、南国の青空の下に緑の茶畑が広がる知覧の町を訪れた。

鹿児島県の南部、薩摩半島のほぼ真ん中にある知覧は、隣接する町と合併して今は南九州市になっている。

知覧は、寿命が長く、低消費電力のＬＥＤ（青色発光ダイオード）を発明し、２０１４年にノーベル物理学賞を受賞した、半導体工学者、赤崎勇さんの故郷でもある。

ＪＲ鹿児島中央駅前のバスターミナルから路線バスに揺られて1時間20分の旅だった。

その朝、目が覚めると、激しい雨がホテルの部屋の窓を叩きつけていた。

急いで朝食を済ませ、篠突く雨の中を駅前のバスターミナルへ走った。ずぶ濡れで先が思いやられたが、南九州市に着くころ、ようやく雨が上がり青空が広がった。

端正に刈り込まれたイヌマキの街路樹が美しい市街地を抜けると、間もなくバスの終点に到着した。そこが特攻隊の聖地である。

初冬の青空に枯れ枝を突き刺すように桜並木が連なり、その下に特攻兵士の御霊を祀る１０３６基の石灯篭が整然と並んでいる。

桜並木の先に、特攻平和会館、観音堂、特攻勇士の像、出撃を待つ若い兵士たちが数日過ごしたという三角兵舎などがある。

平和会館の中には、若き兵士たちの遺書や、遺詠、日記、手紙、写真など４５００点余りの貴重な品々が展示されていた。

ボランティアで語り部をされている年輩の係員たちが、訪れる人びとに、物静かに語りかけるように説明していた。

名機と言われた陸軍三式戦闘機「飛燕」や、戦後、東シナ海の甑《こしき》島沖の海底から引き上げられた海軍零式艦上戦闘機も展示されている。

中国大陸をはじめ、アジア各地で戦っていた日本は１９４１年（昭和16）12月８日、太平洋戦争に突入した。

ハワイの真珠湾奇襲に成功した当初は、日本中が沸き立ったけれど、続くミッドウェー海戦で決定的な敗北を喫すと、あれよ、あれよという間に窮地に追い込まれていった。

そして１９４４年になると、南太平洋のサイパン失陥に続き、フィリピンのレイテ沖海戦で壊滅的な打撃を被る。

その後も、米軍に敗退し続けた日本軍は、劣勢をなんとか挽回しようと焦り、苦し紛れの捨て身の戦術として、「神風特別攻撃隊」を編成し、戦いに臨んだ。

開戦間もないころ、私が暮らす沼津にも海軍工廠がつくられている。学徒動員で駆り出され、航空用無線機やレーダーなどの機器を製作した記憶のある人たちもいる。

米軍が沖縄の慶良間諸島に上陸したのを機に、知覧飛行場は１９４５年３月に最前線特攻基地に指定された。

一方、沼津でも内浦湾には海軍の特攻隊が置かれ、４月には、江浦に本部を置いた海軍第15突撃隊が敵艦に体当たりする特攻兵器のモーターボートや潜水艦を配備していた。

知覧に集結したのは、17歳から20歳代前半の若者たちである。

三角兵舎で数日間過ごしたあと、遺品を整理して遺書を書いた。そして、薩摩富士と呼ばれている、開聞岳を最初の目標にして飛び立ち、沖縄の海へ生還なき出撃を繰り返した。

詩人で、著述家の高岡修さんが編集した「知覧特別攻撃隊」という本を売店で手に入れ、館内をひと巡りした。

出撃を前にした若い兵士たちの胸のうちはいかばかりだっただろう。

「お世話になりました。笑っていきます。天皇陛下万歳」、「日本人として最上の恩返しだと信じています」、「お母さん、必ず立派に体当たりします」

若い特攻兵士一人ひとりの言葉には、どれも胸を押しつぶされてしまいそうな悲壮感が漂い、虚しさを感じる。

知覧基地を飛び立ったまま再び還ってくることの無かった兵士は、実に４３９人にも及んだ。出撃戦死者名簿のなかに、静岡出身の若者はどのくらいいたのだろう。調べてみると、22人の若い兵士の名前が記録されていた。

「俺が死んだら何人のひとが泣くべ」

逃げ場のない、追い詰められたありのままの心情を吐露する若い兵士の遺書もあった。

だが、ほとんどは死の恐怖と闘い、理不尽な思いを抑えて、お国のための特攻という行為に最期の価値観を求め、苦しんでいた。

戦後の民主主義の下で教育を受け、戦争体験のない私には、理解できない。館内をひと巡りして、特攻隊は正当化できないものだと強く思った。

国力が圧倒的に劣る状況下で、最後は精神主義に頼るしかなく、非人間的な行為を若者に押し付けていたと、率直に感じる。遺書の行間ににじむ若い兵士の絶望的な気持ちを思うと、胸が痛んだ。

モヤモヤとして釈然としない感情が入り交じった、心残りの聖地を後にして、知覧の町のもうひとつの歴史の顔である、琉球王朝風の開放感漂う武家屋敷の町並みを歩いた。

武士の数が多かった薩摩藩は、鶴丸城下にすべての家臣を集めるのが難しかったことから、「麓」と呼ぶ武士集落を藩のなかに１１３か所もつくった。

これが、武士をもって城となす外城《とじょう》制度で、知覧もその一つだった。道がカギの手に折れ曲がった武家屋敷は東西９００㍍、南北２００㍍が保存地区に指定されている。

凝灰岩を積み上げた石垣と、イヌマキの生け垣が屋敷を囲み、整然とした美しい街並みだ。

観光バスを連ねてやって来た団体客たちが、石垣の道をそぞろ歩き、往時を偲ばせる武家屋敷のさまざまな造園技法をこらした庭園に、感嘆の声を上げていた。

１万３０００人が暮らす知覧の町は、二つの顔を持っている。

一つは、特攻隊の基地というつらい過去を偲ばせる顔。もう一つは、「薩摩の小京都」と呼ばれ、歴史と文化と、自然を大切に守る穏やかで開放的な顔だ。その二つの顔が観光客の誘致にひと役買っているのだが、歴史の変化を見る思いがする。

戦時中は、知覧高等女学校の「なでしこ会」の女学生たちが、掃除や洗濯など献身的に若い特攻兵士たちの身の回りの世話をし、出撃の際には、桜の木の小枝を振って見送った。

その中には、若い兵士たちを、自分の息子のように愛情を注ぎ、励まし続け、「特攻の母」と慕われた鳥濱トメさんの姿もあった。

暖かい南国の風が舞う知覧の町には、かつて若者たちの無念の思いを包み込む優しさが今も息づいている。

南国の太陽が傾くころ、再び、路線バスに揺られ鹿児島中央駅に戻り、夕方、ホテルに入った。ひと息入れ、部屋のテレビをつけると、先日、亡くなった名優の高倉健さんが、突然、画面に現れた。

健さんを偲ぶために知覧を舞台にした映画、「ホタル」が放映されていた。

あの戦争で無念の死を遂げた特攻隊の同期の桜。彼らを思いやり、辛い痛みに耐えて戦後を必死に生きる特攻兵士生き残りの漁師を、寡黙で飾らない健さんが熱演していた。

（15・01）

よき友は逝った

このところ、二人の友人を失った。

若いころ同じ職場で一緒に仕事をした会社の同期生で、のちに役員となり活躍したM君。

もうひとりは、ふるさと信州の小、中、高校と同級生だった幼なじみのK君。二人とも風のように逝ってしまった。

去年8月の朝のことだった。いつものように朝刊を斜め読みしていると、M君の死亡記事が目にとまった。

えっ……一瞬、いい知れぬ衝撃を感じた。背筋を伸ばし、目を見開いて小さな活字を追った。

氏名に沿って傍線が引かれ、

「8月10日、慢性腎不全で死去。告別式は近親者で済ませた。弔問、香典、供花、弔電は辞退している――」

東京都内で暮らしていたM君が病院通いしていることは、本人の口から聞いていて知っていた。

そんなところまで病状が進んでいたのか。

新聞を開いたまま、元気で、朗らかなありし日のM君の表情や太っ腹な振る舞いを思い浮かべ、無念の旅立ちを悼んだ。

このごろ企業の役員、芸能人、政治家、スポーツ選手ら有名人のなかにも、葬儀、告別式を家族や近親者だけで済ませ、数日後に亡くなったことを公表するケースが増えている。

M君の場合も、本人が生前に自分の意思をご家族に伝え、身内だけで静かに別れを告げたいという気持ちがそうさせたのだろうか。

私自身も日々の暮らしの中で、ふと、人生の最期を考えるようになってきた。

そんなとき、ひとりで産声を上げてこの世に生まれて来たのだから、逝くときもひとりでいいのではないか。

そもそも個人的なことだし、年を経て高齢になるとともに社会とのつながりも薄れてゆくのだから……

漠然とではあるが、自分の最期のあり方を思い描いている。

これからの多死社会は、昔と違い葬送やお墓のあり方などさまざまに変えてゆくに違いない。

M君とは1年前の冬、東京駅の丸の内広場に面したビルの中にあるレストランで、先輩たちと一緒に会食したのが最後だった。

若いころ同じ職場で一緒に仕事をし、苦楽を共にした仲間が、久しぶりに顔を合わせた昼食会の席だった。

しばらくぶりの再会の席で、お互いに、にぎやかに近況を語り合った。M君も冗談を言って昔と変わらず元気そうだったが、別れ際に、

「腎臓が悪くてね。いま、病院に通って透析を受けているんだよ」と、聞かされた。

そのとき、いつも冗談を言って笑顔を絶やさないM君の顔が寂しげな表情になったのを記憶している。

いま、7年前のことを思い出している。

65歳の定年を迎える直前、私は退職のあいさつをするため、役員室にM君を訪ねた。そのとき、M君は忙しそうだった。心ここにあらずの様子でゆっくり話す雰囲気ではなかった。

いつもと違うな……

会社の経営や人事など難題を抱えて身をすり減らしているに違いない。正義感の強いM君が重責を担って苦悩している一面を見る思いがした。

いつも冗談を飛ばし、周囲を笑わせるM君の姿に重ねて、気の毒な思いがした。別れの挨拶を済ませ、早々に失礼した。

M君の訃報に、どう弔意を表したらいいのか、考えた。世間一般の儀礼的なことだけは避

けたいと思い、M君を偲ぶために、私自身の気持ちを遺された奥さまに率直に伝えたいと思った。

亡くなって3か月ほどしたころ、現役時代の楽しかったこと、ともに苦労した想い出やM君の人柄、お世話になり感謝していることなど思うままにしたためた手紙と供物を、奥さまにお届けした。

しばらくして奥さまからご丁寧な礼状をいただいた。

——このたびは、お心のこもったお手紙をありがとうございました。

なつかしい昔を思い出しました。

生前、いつも申しておりました。先輩、後輩の方々、そして友人が自分の財産だと……主人は、みなさま方と一緒に、好きな仕事ができて本当に幸せだったと思います。

主人あての郵便物が日ごとに少なくなり、一人になったことを実感させられ、寂しさが募ります。遺された家族で、力を合わせてゆきたいと思います——

その手紙を読みながら、脳裏に現役時代の快活なM君が再び甦った。

◇

M君が逝って4か月ほど経った師走の朝。ふるさとのK君が、病院で息を引き取った。

その夜、高校の同級生たちが電話で知らせてくれた。

K君は4年前の3月のある日、脳梗塞を発症して急ぎ病院に運ばれた。

最先端の医療設備が整った総合病院で緊急手術を受け、一命を取り留めた。ところが、不運にも動脈に血のかたまりが詰まってしまい、そのあと意識を失ってしまったのだという。

別の病院に移されて懸命の治療を受け続けていたが、3年9か月の間、一度も目を覚ますことはなかった。

その間、奥さまはほとんど毎日、自宅から車で30分以上もかけて病院に通い続けた。

K君が眠りから覚め、意識を取り戻す日を願って、身の回りの世話をしながら、声をかけたり、手を握ったりして励まし続けたという。

故郷で暮らす同級生の友人たちも代わるがわる見舞いにやってきては、眠り続けるK君に声をかけ、元気な姿に蘇る日を待ち続けていた。

何かの拍子に、瞼をぴくぴくと動かし、わずかに反応することもあったという。

しばらくしてから、私もK君が入院している病院を訪ねて見舞ったことがある。K君は鼻や口にチューブを差し込まれ、少し体を起こして斜めになりベッドに寝ていた。

細身の筋肉質で、高校時代は人一倍体力があり、陸上部で中距離選手として活躍したこともある。

ベッドに横たわる頑丈そうな体を見て、いつか意識を取り戻してくれるかもしれないと、望みをつないで別れた。

亡くなる少し前、K君を見舞った友人が私の名前を言ったところ、

「K君の表情にわずかに変化があったぞ」

と、わざわざ電話で伝えて来てくれた。

会葬に参列できなかったので、しばらくして奥さんに手紙とお供えをお送りした。

「もう、みんな隠居の齢になっている。K君も自宅に帰って、こたつにあたって庭を眺めて過ごすことができればいいのになあ」

K君の家の近くに暮らしている友人が、そう言って思いやっていたのを思い出す。

M君もK君も人の面倒見がよく、人情家で、決して他人を押しのけるようなエゴの強い人間ではなかった。よき人は先に逝ってしまうのだろうか。

年の暮れに、高校時代の友人から、

「２５０人いた同級生のうち、すでに41人が鬼籍に入ってしまったよ」

と、聞かされた。

またひとつ、年齢を重ねる今年は、私たちにとってどんな年になるだろう。

年明けは、思いのほか穏やかな正月だった。（18・01）

ホームレスの邸宅

初冬を迎えた頃だった。

みすぼらしい身なりをした60代半ばと思われる男が、ＪＲ沼津駅前広場の地下道を塒《ねぐら》にするようになった。いわゆる、ホームレスである。

気候温暖な沼津とはいえ、真冬の寒さは路上生活者には耐え難いはずだ。

長い冬の夜を地下道で過ごすのは容易ではない。少しでも寒さを凌ごうと、男は地下道の真ん中あたりの、冷たい風にあたらない場所に１ＤＫのマイホームを構えた。

自ら設計したのだろう。おそらく建設費はかかっていないはずだ。

エネルギーを消耗しないように、昼間も毛布を頭からかすっぽりかぶって横たわり、無駄な動きは一切しない。

ところで、この地下道は沼津市の玄関口にある。だから、いつも人目に触れるのでちょっとやっかいなマイホームだ。

一帯は沼津の街の顔である大手町1丁目1番地。毎年、公表される地価評価額が最も高い場所で、人通りも多い。

朝から晩まで通勤のサラリーマンや通学の高校生、買い物の主婦たちが行き交い、汚れた毛布にくるまった男の寝姿を横目で観察しながら急いで通り過ぎてゆく。

沼津市の調査によると、市内には19人のホームレスがいる。白銀町の旧国道1号線を横断する地下道や、駅の北側のリコー通り、三つ目ガードなどで彼らをよく見かける。

近ごろは各地を転々と渡り歩くホームレスも増え、高齢化と、路上生活の長期化も進んでいる。

中には寒い冬の間は、避寒のために熱海や伊東など温泉地に引っ越し、湯けむりが立ち上る辺りで過ごす者もいる。暖かくなるとまた、沼津に戻ってくる。

この男のマイホームは寒風にさらされないうえ、深夜まで人通りがあり、近くには交番も公衆トイレもある。心無い若者たちから危害を受ける不安もないから安心して暮らせる。ホームレスにとって最高の住宅環境だ。そう考えると、エリート・ホームレスと言えるのかもしれない。

広さは畳一枚半ほど。段ボールの上に青いビニールのマットを敷き、やせ細った体をくの字に折り曲げ、頭から毛布を被って無駄な動きは一切しない。

枕元には、紙袋やこうもり傘、飲料のペットボトルなどが置いてあり、カップ麺のカラの容器も転がっていた。

寝る、食べる、考える。日常生活はすべてこの狭いスペースで済ませているようだ。たまには、楽しかった青春時代を思い出し、昔を偲ぶこともあるのだろうか。

駅前交番のお巡りさんによると、天気のいい日は、近くの中央公園に出かけ、日光浴をして健康を心がけているらしい。留守にするときは寝床をきちんとたたみ、枕元も整頓されている。なりふりはともかく、几帳面な性格のようだ。

年が明けると、それまでの暖かさがうそにように冷え込み、最低気温が氷点下に迫るようになった。

いくら地下とはいえ、あんなに薄い毛布だけでは風邪をひいてしまうだろう。凍えて、不測の事態にならなければいいが……

男は60代後半で、私と同世代のようだ。真夜中、毛布一枚で寒さに耐えている姿を想像すると、同世代のよしみで情け心が湧いてきた。

もはや彼と私は一見の関係ではない気がして地下道を通るたびに安否が気になり、寝姿に目を注ぐようになった。

それでも、路上生活者たちは心得たもので、汚れたぼろ服を何枚も重ね着をして、意外に忍耐力があるとも聞く。

寒に入って間もない日の昼下がり、毛布にくるまっている男に声をかけてみた。

「寒くないかい。大丈夫かい？」

男はしばらく身動きをしなかったが、毛布の中から、

「寒くねぇ」と、つぶやいた。

「メシは食べたかい」

そう問いかけると、今度は毛布を剥いで顔を半分のぞかせ、「まだだよ」と、言って首を横に振った。埃にまみれたぼさぼさの髪が顔に垂れ、髭も伸び放題だ。歯も何本か欠けている。あまり近づくと、ノミとかシラミが飛び移ってきそうだ。

「じゃあ、パンでも買ってこようか」

そう言うと、男は黙って頷いた。

駅ビルにあるパン屋から小倉アンパン、あんドーナツ、今人気の塩パンを調達し、牛乳と一緒に枕元に置いた。

男は早速、袋を手にとり中を覗き込むと、安心したように再び毛布を深く被った。

それを見届けて自宅に戻ろうと、地下道の階段を上りながら不意に、去年の夏亡くなられた作家、阿川弘之の小説「鮨」を思い出した。

――ある地方の討論会に出席した名士が、東京に戻るため特急列車に乗り込むと、見送りに来た人が、「車中のお弁当替わりにしてください」と、胡瓜や干瓢巻、玉子の入った鮨を差し入れてくれた。

その夜は、東京で知人と夕食を共にする約束があり、いただいた鮨を持て余すことになったが、つい食い気に誘われ、折を開けて鮨をひとつだけ摘まんでしまう。そのあと、残った鮨をどう処理したらいいか、車中でずっと考えあぐねてきた。

しばらくして、列車の終着駅である上野の地下道にいるホームレスの姿が浮かんだ。

食べ残しを彼らに渡していいものか心にひっかかったが、蔑《さげす》む気持ちや恵んでやるという気持ちさえなければ構わないのではないか。

そう思い、地下道で目の前にいたホームレスの一人に、その鮨折を手渡した。

ホームレスの男は直立不動で、

「いただきます。ありがとうございます」

と、律儀にお礼を言ってその鮨折を受け取った。

この小説の中に、ホームレスのことを、「彼らはすべてを捨て去った真に自由の境涯」という表現がある。

さっき、私の目の前にいた毛布の男は生活保護を受けるとか、施設に入るとか、社会復帰する気持ちはないのだろうか。

もしかしたら、彼も真に自由な境涯なのかもしれない。私は家路をたどりながらあれこれ思いをめぐらせた。

ホームレス自立支援法の対策が進み、自立する意志があれば、就労や住居の確保など援助を受けられる。

沼津でも、社会福祉を担当する市の職員が定期的にホームレスを訪ねて面談し、本人の意思を確認している。

いつか、男の気持ちを確かめてみたいと思った。

それから、地下道を通るたびにひと声かけて、おにぎりや、紙パックの日本酒、メンチカツ、菓子パンなどを差し入れた。

そのうち男も、「ありがとう」とか「お願いします」と、しっかりとした、丁寧な受け答えをするようになった。

おそらく人生のある時期まで、まじめに働いていたに違いない。何がきっかけで居場所を失ってしまったのか定かではないが、今の生活を変える気はなさそうだ。

この冬一番の寒さに見舞われた日の夕方、地下道を通ると、男はいつもの薄い毛布の上に厚い毛布を掛けて寝ていた。見かねた人が毛布をプレゼントしてくれたのだろうか。

枕元には、ツナ缶や使い捨てカイロも置いてあった。私も奮発して、スーパーで買ってきた温かいかつ丼を差し入れた。

「寒くないかい。どこか暖かい施設にでも行ったらどうだね」

「大丈夫だ。オレはここがいい」

その言葉は、社会の常識に縛られたくないというニュアンスを含んでいた。

しかし、辛い、過酷な現実を考えると、自由な境涯を求める哲学的ホームレスは、小説の世界に過ぎないような気がする。私たちにはうかがい知れない理由があって、路上生活から抜け出せないのかもしれない。

そう考えると、私の行為は結果的に一人のホームレス甘やかし、自立を妨げることになってしまうのだろうか。

ようやく寒気が緩み、陽ざしが柔らかくなった日。枕元にリュックサック型のカートと、大きなバッグが置いてあった。どうやら旅に出る気配だ。

男は毛布からちょっと顔を出し、地下道の天井を見つめ、うまそうにたばこをふかしていた。ひと冬を無事に過ごした地下の邸宅で春の訪れを感じながら、新たな生活設計を練っているのかもしれない。（16・02）

ソラシドの仲間たち

近ごろ、コンサートが盛んだ。それも、プロではなくて主婦やＯＬ、或いは老人などの趣味のコンサートである。

早春を迎えたころ、三島市民文化会館で開かれた「仲間たちのコンサートⅢ」は、愉快な手づくりコンサートだった。

指揮者の芹沢卓弥先生が指導する合唱団のお婆ちゃんやお爺ちゃん、それに歌が好きでたまらない、若いお母さんたちが芹沢先生の活動30年を記念して開いた。

プログラム通り手際よく運び、終演となった会場にはほのかな温もりと、満ち足りた余韻が漂っていた。

年齢を超えて、余暇を楽しむ時代である。「コンサート」と名のつく催しは、世の中にあふれている。

でも、これほど肩肘張らない、聴衆も一緒に楽しめるコンサートも珍しい。

決まりきった挨拶もなく、女性ピアニストの演奏に合わせ、盛装した中高年の紳士たちがいきなり舞台の袖から現れ、「自由の歌」を高らかに合唱して幕が開いた。

意表をついた演出に、会場に足を運んだ市民は拍手喝采、のっけから盛り上がった。

こんな調子でコンサートは終始型破り。指揮者の芹沢先生と、中高年の男女が思いおもいに歌って雰囲気を盛り上げ、舞台と客席のカベを取っ払ってしまった。

第2部のコーラス歌謡唱（ショー）は、こんな味付けである。

「艶やかなドレスで舞台に立つなんて、生まれて初めてなの。夢みたいだわ」

コーロデルマーレ・ヌマヅのお母さんたちは紺のドレスに白いマフラーを首に巻き、はるか彼方に霞む女学生時代に還った気分で、「青い山脈」を歌った。

「銀座カンカン娘」は麦わらを固く編んだかんかん帽をかぶり、エンディングは、若返ったように、「ヘーイ」。黄色い掛け声が、懐かしさと笑いを誘った。

年齢を重ねた淑女たちは、戦後味わった解放感と希望に満ちた青春の喜びをもう一度、蘇らせたかったのだろう。

2番手は、御殿場フラウエンコールのおばあちゃんたち。国民的ヒット歌謡「リンゴの歌」に、「東京ブギウギ」。会場の手拍子を誘い、軽やかに踊ってこちらも「ヘーイ」……

歌は世につれ、世は歌につれ――参加した合唱団は、それぞれ心に残る青春の歌を思いおもいに披露し、長い人生の道のりを語り継ぐように情感込めて歌い上げていった。

戦後の豊かさを彩ったアイドル歌手、山口百恵の「いい日旅立ち」と「秋桜」を、沼津フラウエンコールの女性たちが感傷を込めて歌いあげると、アンサンブル逍遥男性会は長渕剛の「乾杯」を披露してから、

〽飲んで　飲んで　飲まれて飲んで……と、「酒と泪と男と女」で存在感をアピールした。

時代はやがて、バブルがはじけ、失われた20年へ――昭和の歌姫こと、美空ひばりの「川の流れのように」を歌ったのは、熱海フラウエンコールの女性たちだ。

今年96歳になるというおばあちゃんは杖に体を預け、わが人生を振り返るように歌っていた。

三島フラウエンコールは「あの鐘を鳴らすのはあなた」と「学生時代」を情感込めて歌いあげた。「少年時代」と「手紙」を披露した三島市のコールたんぽぽの若いお母さんたちは、

「歌を通して思いやりと命を大切にしたい」

と、社会福祉の仕事に励むかたわら、合唱の練習に励んでいる。

歌謡ショーのトリは、東駿河混声合唱団が「世界にひとつだけの花」、そして「花は咲く」を高らかに歌い、コンサートを締めくくった。

人口減少と高齢化。そして格差社会に立ちすくむ不透明な時代である。人びとは内面を描く歌に魅力を感じ、心の拠り所を求めているのだろうか。

東日本大震災で多くの人たちが打ちのめされ、今なお苦しみを連れ添いながら生きる被災者たちを支えようと、大合唱団の歌声は会場の人たちを包み込み、ひときわ大きく共鳴していた。

戦後70年が過ぎ、忘れてはいけない戦争の歌もあった。

ジュニア世代の合唱団、キンダーコア花輝が「戦争を知らない子供たち」を歌うと、おばあちゃんたちは「一本の鉛筆」を披露した。

〽一本の鉛筆があれば　戦争はいやだと私は書く……

体当たりするような迫力ある歌に感心したり、笑い転げたりしているうちに、コンサートはフィナーレを迎えた。

「さとうきび畑」は、合唱団全員が平和の意味をもう一度考えてみようと、心を込めて聴衆に贈る歌だった。

舞台には終始、サービス精神と、生きる人びとのぬくもり、そして仲間たちと歌う楽しさや思いやりに溢れていた。

ひとつの合唱団が歌い終わると、間髪を入れず次の合唱団が舞台に上がる。気持ちよいほどきびきびとした立ち居振る舞いも、異色のコンサートを盛り上げた。

芹沢先生も合唱団が入れ替わるたびに、服装を替える離れ業で、会場を沸かした。

沼津あゆみ会が歌う「ＵＦＯ」では、頭の上に手作りのアンテナを載せ、宇宙人さながらに両手を振って愛嬌たっぷりに指揮していた。

舞台で繰り広げられる風景を眺め、数年前、沼津市民文化センターで開かれたウィーン・ヨハン・シュトラウス管弦楽団の「ニューイヤーコンサート」を思い出していた。ウィーンを代表する指揮者のヨハネス・ヴィルトナーさんは舞台に立つと、おどけてみせ愛嬌たっぷりに会場の雰囲気を和らげた。

指揮棒を手に、いざ演奏を始めようとしたとき、遅れてやってきた車いすのおばあちゃんが最前列の席に座った。すると、名指揮者はおばあちゃんに声をかけ、気分を落ち着かせ、会場の雰囲気を和らげてから演奏を始めた。

芸術家は、高い芸術性を求めるあまり、自分の世界に閉じこもりがちだ。それがピリ、ピリとした緊張感を生み出す。

でも、そこでは権威や形式にこだわらない、聴衆とともに音楽を楽しむ気配りとユーモアがオーケストラと聴衆の見えない壁を取り払い、音楽芸術の楽しさをプレゼントしてくれた。

「仲間たちのコンサート」の2週間後、沼津の金岡地区センターで生涯教育「寿大学」が開かれていた。

いつものように、芹沢先生が「楽しい歌声」のレッスンを始める。

１００人近い寿大学はほとんどがおばあちゃんたちである。いつも楽しい気を振りまく芹沢先生がピアノを弾きながら、

♪歌いましょう、ワッ、ハッハ……

大学で幼児教育を学んだという芹沢先生の歌唱指導はテンポがよく、当意即妙な掛け合いに、おばあちゃんたちの笑い声が絶えない。

「ごんべさんの赤ちゃん」「富士の山」「たき火」などの唱歌を歌い、レッスンが終わると、おばあちゃんたちは満ち足りた笑顔で家路についた。

教室に人影がなくなったころ、86歳になるというお婆ちゃんが、ロビーで帰り支度をしていた芹沢先生に歩み寄った。お婆ちゃんはもじもじしながら先生の背中に声をかけた。

「あのー、先生」

「どうしましたか？」

「あたし、合唱団に入りたいんだけど……」

振り向いた芹沢先生はにこにこしながら、お婆ちゃんの願いを聞き入れていた。

「はーい、どうぞ、どうぞ。おばあちゃん、今夜6時半から近くの公民館で歌の練習がありますよ。ぜひ、お出かけくださいね」（16・03）

信なくば立たず

まだ、政治家になる前の安倍晋三さんに会ったことがある。

いや、会ったというのは正確ではない。父親と一緒に仕事をしている姿を間近で見た、と言った方がいいだろう。

安倍晋太郎さんの秘書として修業していた頃だから、もう、30年以上も昔の話である。

安倍さんは大学を卒業して民間の鉄鋼会社に3年ほど勤めたあと、当時、外務大臣の要職にあった父、晋太郎さんの秘書官をしていた。

近い将来、総理大臣を目指していた父親を支えながら将来の後継を見据え、政治家修行の道を歩き始めて間もないころだった。

私のおぼろげな記憶を辿ると、１９８４年（昭和59）４月のある日、外務省欧州局西欧課の課長から電話がかかって来た。

「外務大臣が幕末の長州砲のことで、あなたに話をしたいと言っている。明日の午後、外務省に来てくれませんか」

電話は、そんな内容だった。

安倍外相がわざわざ私に会いたいというのは予想もしていなかったことだが、思い当たるフシはあった。

翌日、約束の時間に霞が関の外務省に出向いた。

案内されて広々とした外務大臣秘書官室に通されたとき、安倍外相の傍らに座り、紺のスーツを着て、かいがいしく仕事に追われている若い秘書官の晋三さんが目にとまった。

ちらっと、こちらに視線を向けて会釈したあと、忙しそうに電話の応対をしていた。

その頃、私は幕末の攘夷《じょうい》の戦いで、開国を迫る欧米諸国の軍艦に向かって火を噴き、明治維新の引き金となった長州砲が、フランスから日本に里帰りするかもしれないと言う話を耳にした。

そして、馬関戦争の舞台となった下関に出かけ、関係者に会って話を聞き、日本政府の返還交渉の成り行きを見守っていた。

徳川幕府は、当初はキリスト教を放任していた。しかし、キリスト教の布教によってスペイン、ポルトガルの侵略を招く恐れがあった。

そして、幕府は貿易による利益を独占するために、１６１６年（元和２）、中国船を除く外国船の来航を平戸、長崎に制限し鎖国政策をとっていた。

ところが、１８５３年（嘉永６）、米国のペリー艦隊が浦賀沖に姿を見せたあと、日本の歴史は大きく動き出そうとしていた。

開国を求める欧米諸国の外圧が強まる一方で、国内では尊王攘夷思想の高まりとともに、外様大名の長州藩は幕末の混乱に乗じて、徳川幕府に対抗姿勢を打ち出していった。

その11年後の１８６４年（元治１）には、関門海峡を攘夷実行の舞台にして１５０門の大砲を配備し、関門海峡を渡る米・英・仏・蘭など欧米諸国の軍艦に向けて激しく砲撃した。だが、力の差は歴然としていた。ほぼ2日間で長州藩は惨敗した。そして、青銅で造られた長州砲の大半が戦利品として欧米諸国に持ち去られてしまった。

幕末動乱の「歴史証人」でもある長州砲に、若いころから愛着を抱いていた下関在住の歴史作家、古川薫さんは小説を書くために、奪われた長州砲を探し出す旅を続けていた。古川さんはフランスを訪れた際、パリのアンバリッド（廃兵院）で、長州砲が3門保存されていることを、自身の目で確認した。

1門は天保15年製、あとの2門は嘉永7年製で、松代藩士で思想家の佐久間象山が指導して江戸の藩邸で鋳造された大砲もあった。

古川さんをはじめ地元の古老たちは郷党の夢をかなえようと、長州砲の返還運動に乗り出し、椎名悦三郎外相のころから日・仏間で交渉が始まっていた。

しかし、フランス側がかたくなに返還を拒否したため、交渉は実らなかった。

ところが、椎名さんの跡を継いだ安倍外相が再度交渉に乗り出すと、話はトントン拍子に進展していった。

「相手の好意に期待するしかないが、話はいい方向に進んでいる。これまでおざなりだった日仏両国の関係が改善されるのは間違いない」

私がお目にかかった日、安倍外相は確信に満ちた表情でそう語った。

それからは、交渉はトントン拍子に進み、程なく日仏の返還交渉がまとまった。その年の6月初め、天保製の長州砲が１２０年ぶりに故郷、下関に帰って来たのである。

この返還交渉で長州砲と、毛利家に伝わる紫糸《むらさきいと》威鎧《おどしよろい》の相互貸与の契約が結ばれた。

2年ごとの自動契約更新とされ、天保製の長州砲は、今も下関市長府博物館に展示されている。

安倍外相はそのころ、竹下登、宮澤喜一氏とともに「安竹宮」と呼ばれ、ポスト中曽根を狙って総理への足場固めをしていた。

長州砲の里帰りに並々ならぬ思いを寄せ、返還交渉に命運をかけていたのも、「外交の安倍」

の実績と存在感をバネにして一気に総理のイスに駆け上がろうという自身の思惑があったからにほかならない。

事実、安倍外相は最有力の首相候補だった。

ところが、中曽根裁定で竹下氏に先を越されたあと、不運にも病に倒れ、67歳で夢を果たせぬまま帰らぬ人となってしまった。その無念は、如何ばかりだっただろう。

たかが一門の幕末砲とはいえ、安倍外相の「大砲外交」は、日本とフランスの関係に新しい展望を開いた。

西欧諸国から日本の存在を認めてほしい一心で開いた東京五輪のあと、日本は劇的な高度経済成長を遂げる。

だが、フランスは日本の経済力は認めても、日本が国際政治に参加することを許さなかった。

ところが、日本の経済力が国際政治に影響力を持ち始めた70年代からは、フランスの対日観は急速に変化していった。

長州砲を里帰りさせた当時のミッテラン大統領の英断の背景には、驚異的な経済成長を遂げた日本と新たな関係を構築しようとするフランスの知略があったのである。

晋太郎、晋三親子は政界の父子鷹でもあった。

早くから政界のプリンスと言われて実績を積み、実力を備えながらも、総理の夢を果たすことがかなわなかった父親の晋太郎。一方、若くして一国の総理大臣に上り詰めた息子の晋三。父親の晋太郎は夢と希望、それにダイナミックな政治を身近に感じさせる政治家だった。周囲からそう、語られている。

事実、若僧の私が初めてお会いしたときも、その振る舞いは権力をカサにきるのではなく、淡々とした政治家らしからぬ政治家のように映った。

しかし、一方の安倍晋三政権は、極めて権力的な臭いがする。

その政策も国民感情から遊離しているのではないか、と指摘する声も少なくない。

それは時代のせいか、それとも、為政者である晋三さんが祖父の岸信介氏から引き継いできた政治姿勢にあるのか。

「謙虚に耳を傾け、真摯に対応する」

と、言いながら、森友、加計学園問題など、自身に不都合な追及を避ける強権的な政治は、議会制民主主義にダメージを与えることにならないか。

「信なくば立たず」

政治家安倍晋三自らが好んで使ってきた言葉である。今も、その心境に変わりはないのだろうか。(17・11)

甘えびと夜桜

加賀百万石の城下町、金沢はさまざまな顔を持つ、古くて新しい街だ。

冬の間、深い雪に閉ざされて耐え忍ぶ北陸の町が活気にあふれるのは、万朶《ばんだ》の桜に彩られ、自然も人も歓びを爆発させる季節である。

春を迎え、桜が咲き誇る金沢の旅は楽しかった。

私たち老夫婦と、若いカップル４人で１泊２日の忙しいスケジュールをこなした。

新幹線のチケットからホテルの宿泊予約まで旅の段取りはすべて若いカップルにお任せだったので、こちらは上げ膳、据え膳、招待旅行の気分である。

東京から金沢まで、北陸新幹線の所要時間は２時間30分。たまには、豪華な気分でと、「グランクラス」を予約した。これが至れり尽くせり、実に快適だった。

白く輝く立山連峰を眺め、沿線に広がる畑や堤の桜並木が旅のお供である。

金沢駅に着いたのが正午前。まずは腹ごしらえから。昼食を摂る店についても、すでに情報収集してあり、目当ての店に直行した。

城下町の歴史を偲ばせる町並みをそぞろ歩きながら、長町武家屋敷跡の一画にある食事処の暖簾をくぐった。

日本海の幸が並ぶメニューから、ご当地名産の、生きのいい甘えびの天丼を注文した。これが大当たり。新鮮で、「旨い！」のひと言に尽きる。

控えめなご飯の上に、天ぷらに揚げた甘えび八尾が頭を下に富士山のようにそそり立っている。芸術作品を鑑賞する気分で眺めたあと、早速、甘エビにかぶりついた。

サク、サク、サク……口の中に、ほんのりと甘味を含んだ新鮮な味と香りが広がり、旅は満開の気分である。

天丼の美味しさに納得し、ひと息入れたあと、若いカップルが食事代を支払おうと、

「お勘定をおねがいします」

と、レジで声をかけた。

すると、いつもお客に冗談を飛ばしているのだろう、店の年配のご主人が、

「ただいまから愛の清算（精算？）をさせていただきます。お客様、少々お待ちください」

と、ふざけて言った。

思いもかけない店主のダジャレに、こちらも負けてはいない。

「少ないですが、これが手切れ金です」
と言葉を返し、４人分の食事代を差し出すと、レジの周辺に、大笑いの花吹雪が舞った。

しっかり腹ごしらえしたあと、城下町の面影を宿す武家屋敷跡をゆっくり散策しながら、食の宝庫・金沢に思いを巡らせた。

海の贈り物は、あわび、ほたるいか、さざえ、甘えび、紅ずわいがに、のどぐろ、ぶり、ふぐ……畑からは、加賀れんこん、くわい、せり、金時草、加賀つるまめ、金沢一本ねぎ、赤ずいき、へたなす……自然の贈り物が実に豊かである。

半年近くも風雪に耐えなければ冬を越せない北国に、天は海と大地の豊かな恵みを贈ってくれたのだろう。

１日５００円で乗り放題の「城下まち金沢周遊券」を手に入れ、バスを街めぐりの足にした。

金沢といえば、格調高い雰囲気から、「古都」や「小京都」のイメージを重ねてしまいがちだ。しかし、この旅で、金沢は「小京都」ではないことを確認した。

金沢は独特の武家文化を受け継いできた城下町であり、８年前、「歴史都市」第1号として国の認定を受けている。

人口46万６千の中核都市、金沢市。

政令指定都市の静岡市や浜松市よりも、人口ははるかに少ない。それなのに、都市の風格や奥行きが随所に感じられ、陰影に富む立体感のある街並みには惹かれるものがある。

人口の多さだけが都市の魅力ではない。歴史や文化が都市の魅力を支えているのだと、改めて思い知らされた。

かつての「加賀百万石」が、市民の誇りであることに異論はないが、金沢の街の歴史は重層的で、文化も多様性に富んでいる。

前田利家が天正11年（１５８３）金沢に入り、14代にわたり前田家の城下町が続いた。それ以前の16世紀半ば、戦国時代の一向一揆で、本願寺が布教の拠点として「金沢御堂」（御山御坊）を置き、それを中心とした寺内町として発展してきた古い歴史がある。

寺内町と城下町の歴史、伝統、文化は変わらない金沢の本質だ。その上に、街はいま、新しい変化を求めて試行錯誤のただなかにある。

時流を越えて価値を保ち、時世に合わせて新しさを取り入れてゆく。俳人松尾芭蕉の「不易流行」を体現しているようにも思える。

現代美術を展示する、円形でガラス張りのモダンな「金沢21世紀美術館」は、訪れる人たちが絶えないほどの人気だ。市民や観光客を魅了する美術館は、古い金沢に新しい風を吹き込み、魅力ある街づくりにひと役買っている。

作家の五木寛之さんは、デビューしたころこの町に暮らしていた。金沢についてこんなふうに紹介している。

金沢は百万石の古都とはいえ、京都とは比べ用もない小さな街だ。京都はやさしさの陰に冷たさがある。金沢には、表面的な冷たさの背後に、やさしさが潜んでいる。

市内には二つの大きな川が流れている。

「男川」と呼ばれる犀川、かたや「女川」と呼ばれて親しまれてきた浅野川。その二つの川に挟まれた台地に、金沢城址、兼六園、それに、室生犀星、泉鏡花、徳田秋声ら金沢三文豪の記念館、文学館、文芸館があり、三つの茶屋街、香林坊などの繁華街がある。

犀川と浅野川。この二つの川の対照が私には何とも興味深かった。犀川は武家風、浅野川は町家風、前者が山の手なら後者は下町と言った感じだ。

犀川の寺にゆかりのある犀星。浅野川べりの町に育った鏡花。私たちはまず、室生犀星の生家跡に建つ記念館を訪ねた。

　ふるさとは　遠きにありて思ふもの　そして悲しくうたふもの

犀星の「叙情小曲集」に収められている、よく知られた詩である。

先月、86歳で亡くなられた三島市出身の詩人、大岡信さんは「折々のうた」で、この詩について、こう解説している。

……これは遠方にあって故郷を思う詩ではない。上京した犀星が、志しを得ず、郷里金沢との間を往復していた苦闘の時代につくった詩である。故郷は孤立無援の青年には、懐かしく忘れがたい。愛憎の複雑な思いを感傷と反抗心をこめて歌っている。

満開の桜並木を歩いて香林坊に出た。北国の夕暮れの風は冷たい。

ネオン街がざわつき始めたころ、金沢おでんの店に入った。加賀名産の焼き麩のおでんと日本酒の相性がいい。じんわりと体が温まり、いよいよ夜桜とご対面である。

兼六園には４００本を超す桜がある。ライトアップされた夜桜はいかにも妖艶な感じだ。北陸の方言や英語、アジアの言葉が薄明りの闇を飛び交い、池の水面《みなも》に映る夜桜に感嘆の声があがっていた。

一夜明けた早朝の桜もまた、すがすがしい気分にさせてくれた。

ホテルで朝食を済ませ、さわやかな空気に包まれる金沢城址公園を散策した。

そこから泉鏡花記念館を訪ね、桜の花びらが舞い落ちる狭い「くらがり坂」を降りて行った。趣のある花街の主計《かずえ》町から豊かな流れの浅野川の橋を渡り、ひときわにぎわう東茶屋街をゆっくり歩いた。確かに二つの川が流れる町の趣は対照的である。

もう巣づくりを始めたのだろうか。人びとが往き交う茶屋街の軒下を、数羽のツバメが忙しく弧を描いていた。（17・03）

悪友はやって来た

日がとっぷりと暮れた晩秋の夕方のことだった。

久しぶりに遠出をして帰宅すると、待ち構えていたようにカミさんがキッチンから飛び出して来た。

「ねぇ、ねぇ、あなたの友だちのEさんから電話があったの。いま山梨に居るんだけど、明日、奥さんと一緒に沼津に来たいっていうのよ。美味しい魚が食べたいんだって……」

Eさんと聞いて、私は戦国武将のように武者震いした。

とうとうやって来るか……

Eは、卒業した大学の学部も学科も同じで、無二の親友である。だが、もう、かなりの歳月逢っていない。

旧満州生まれの彼は学生時代、横浜の磯子の実家から通っていた。

「オレは浜っ子だ」

それが口癖で、自分が生まれ育った横浜を愛し、自慢していた。生まれ育った町に誇りや愛着を感じているのは結構なことである。だが、その一方で信州の田舎から東京に出て来た私に向かって、

「貴公は、信州の山ザルだ」と、臆面もなく決めつけてはばからなかった。その差別的な物言いが、私には気に入らなかった。

優越感と劣等感——ふたりの腐れ縁はそんな出逢いから始まっている。

冗談まじりの親愛の情とはいえ、わざとこちらを見下すようなEの差別的な態度に反抗心が募り、一緒に行動していてもよく言い争いをした。

半面、性格が大陸的で、憂国の士を気取る彼は、ことあるごとに頼りがいのある男だった。

田舎育ちで生真面目な私は不覚にも、彼に飼いならされてしまったところがある。

学校に行くのが面倒で授業をさぼったとき、彼は一人二役で私に代わって出席の返事をする「代返」を気軽に引き受けてくれた。

期末試験では私の席の前に座り、語学の答案用紙を覗かせてくれたりもした。無事、大学を卒業できたのも彼のお陰である。

その日の講義が終わると、二人そろってよくパチンコに出かけた。

たまに儲かると、新宿の夜の酒場で飲み歩いた。昔の遊郭である吉原の夜の歓楽街を案内

してくれたのも彼である。

振り返ってみると、私にとって彼は青春の心友であり、人生の先輩でもあった。

だが、卒業してからは、同業他社ではあったが疎遠になっていった。年賀状のやり取りだけはしていたが、互いにもう長いこと顔を合わせていない。

遠い記憶の底に霞んでゆく学生時代を思い出し、彼が沼津にやってきたら、わざとひねくれた態度で小姑のようにいびってやろうと、思った。

「沼津の魚ねぇ、うまい魚なんかあるのかねぇ……」

私は皮肉っぽく呟き、カミさんがメモ書きした彼の携帯電話を鳴らした。

「おお、元気でやっているか？　明日、カミさんと沼津のうめぇ魚を喰いに行きてぇんだ」

ぞんざいなしゃべり方はあの頃のままだ。私はひと息入れて言葉を返した。

「旨い魚なんかありませんよ。せっかくなので昼めしくらい食べさせてあげますがね……」

「なんでもいい。兎に角、俺は沼津の魚が喰いたくてしょうがねぇんだ」

沼津で獲れる魚と言ったって、思い浮かぶのはアジ、イワシ、サバ……大衆魚ばかりだ。

せっかく沼津にやって来るのだから、新鮮な肴だけでなく、五感を通して沼津の良さを味わってもらうのが沼津流「おもてなし」ではないかと考え、その日の接待プランを検討した。

翌日。彼はＪＲ身延線と東海道線を乗り継ぎ、昼前に沼津駅に着いた。

駅前のロータリーに車を止めて待ち構えていると、日焼けした彼と奥さんは大きな荷物を抱えていた。

Ｅは目ざとく私の頭頂部に目をやり、ニヤリとして薄笑いを浮かべた。

「お前も、随分老けたなぁ……」

そう言いたげな顔をしている。

けれども、Ｅの髪だって真っ白な雪景色じゃないか……

彼は学生時代から和歌に造詣が深かった。自然や街の風景を観察しては即興でよく歌を詠んだ。

夏休みになると、一緒に私の故郷である信州を訪ねて長逗留したときも、千曲川や小諸城址、八ヶ岳の麓にある松原湖、海の口牧場などに出かけ、夜になると、毎日のように酒を飲み、歌を詠む文学青年でもあった。

「牧水の記念館に行ってみるかい」

そう誘うと、

「おお、いいねぇ」と、Ｅは相好を崩した。

旅の歌人と言われる牧水の足跡と和歌をじっくりと鑑賞したあと、４人で雪を冠った富士山を正面に千本浜を歩いた。

「沼津は、景色がいいところなんだなぁ、貴公がうらやましいぜ」

Eと奥さんは口をそろえ、この町の穏やかな風景がことのほか気に入ったようである。しばらく4人で潮騒を耳にしながら松林を散策したあと、昼食を摂ろうと鮨屋に入った。部屋のガラス戸越しに、波穏やかな駿河湾の海が目の前に広がっている。E夫妻はキラキラと輝く晩秋の海を、しばらく眩しそうに眺めていた。

そして、冷えたビールを旨そうに飲み干し、ゆっくりと鮨をつまんだ。

私たちは長い過去の空白を埋めるように記憶を呼び戻し、青春の思い出をいつまでも語り合った。

Eは退職後、山梨県増穂町にある農家の家屋敷と田畑を手に入れ、「甲州半農人」を名乗り、もう15年になるという。

甲府盆地を見下ろす中山間地の限界集落で1年の3分の1を過し、大都会の縄のれんの灯が恋しくなると、東京に戻る生活を続けている。

棚田で200㌔のコシヒカリを収穫し、キャベツ、アスパラ、ネギ、ナス、サツマイモなどさまざまな野菜を栽培しては、豊かな実りを知人や友人に送っている。

1日の野良仕事を終えると、作業手順や、失敗の教訓を事細かにノートに記録する。そして、日々の農家の暮らしや農村の風景、受け継がれてきた生活の知恵などを書き残す。「半農人ノート」はすでに20冊を超えているそうだ。

夕方、私のマンションに場所を移し、おみやげのキャベツを試食しながら、一杯やった。

「旨いだろう」

Eは、自信ありげに言った。自然のほのかな香りと、甘さに、食文化の豊かさが蘇った。農業を通して安全でおいしいお米や野菜を作るのにはどうすればいいか。稲作文化の源流である中山間地の農村をどう守っていくか。模索する日々だという。

「日本の農村文化の中核である零細農業は、市場の論理で息絶えようとしている。それを復活させるには、いまこそ農政と、消費者の理解、支援が必要ではないか」

彼は、自身のブログでそう訴えている。

あと10年は農業を続けると、言っていた。

余生の片手間ではなく、真摯で奥の深い生き方を農業に求めているEを、いじめてやるどころか、畏友として尊敬するしかなかった。

それから2、3日して、Eから丁寧なお礼の葉書が届いた。

——沼津での望外の歓待、小生からも重ねて謝意を表す次第。突然の訪問にも拘わらず、ご夫婦で時間を割いていただき恐縮至極。何から何まで世話になってしまった。奥方にもよろしくお伝えいただきたい。（17・12）

ヤレヤレ、ですな……

元日のお昼ごろになって、ようやく年賀状の束が届いた。

現役で働いていたころに比べると、年賀状の束はめっきりスリムになっている。齢とともに、年賀状への関心は薄らぐばかりである。

一枚、一枚、手にしながら目を注いでいくと、ご自身のいまの心境をつづった先輩の年賀状に、手が止まった。

「新年のご挨拶を申し上げます。車の運転、いつまでできるのかなあと車庫入れのときなど、ふと思うようになった昨今です。転ばぬようせっせと歩いています」

ああ、先輩もやっぱりそうか。

思わずガッテンしたときのような感情が湧き、その年賀状を何度も読み返した。

私が運転免許を取得したのは24歳の時だった。運転歴はすでに半世紀になる。

お陰様で、ここまでさしたる事故もなく無事に過ごしてきたのだが、このごろ、車で走っている最中、微妙な意識の変化に気づき始めている。

年賀状の送り主はかつて若いころ一緒に仕事をし、後輩の面倒みのいい、お世話になった先輩である。たしか、私よりも3、4歳年長だと思うから70歳半ばだろうか。

先輩は車が大好きで、若いころから精度の高い運転技術に自信を持っていた。しかし、ここにきて、自身の運転が気がかりになってきたのだろう。

車がひしめく首都圏に暮らす先輩とは違い、こちらは、のんびりと田舎道を走っている。それなのに、運転中、ヒヤリ、ハッとすることにたびたび遭遇するようになった。

運転技能に衰えを感じ、この頃は高速道路や車で混雑する国道バイパスを走ったり、夜間に暗い道を運転したりするのをできるだけ避けるように心掛けている。

誕生日が近づき、間もなく運転免許証の更新時期を迎える。

しばらく前、静岡県公安委員会から「講習のお知らせ」というハガキが届いた。

――重要なお知らせです　免許証更新の前に必ず受けてください　受講していない場合、免許が失効してしまいます

そのハガキを読んで、少し落ち着かなくなった。

70歳以上の高齢者が免許証を更新する際には、「高齢者講習」を受けなくてはならない。年齢が高くなるに連れ、免許を取得するのも、面倒な手続きが必要になってくる。

アクセルとブレーキの踏み間違い。前進とバックのギア操作の誤り……

こうしたミスが原因で高齢者ドライバーの事故が多発している現状を考えると、高齢者に対し、世間の風当たりが強くなるのも、もっともである。

そのお知らせは、人身事故を起こさないうちに、自主的に運転免許証を返上してほしいと、やんわりと高齢者に言い聞かせているようにも思えた。

運転にかすかな不安を感じ始めていることは確かだが、いますぐ免許証を手放す決心はつかない。車は買い物や近隣に用事があって出かけるのに便利なので、日常欠かせないと思っているからだ。

交通があまり便利ではない山沿いの集落に暮らしている高齢者たちは、なおさら、そう感じているだろう。

それに、車は、行動範囲を広げ、気分転換にもなる。上手に乗りこなせば肉体や精神の衰えを遅らせ、自立を長く保てる効果もあるのではないか。

そんな理屈をつけて、講習を受けようと、歩いて20分ほどの自動車教習所に足を運んだ。

その朝、教習所のロビーには、大勢の若者に交じってガラス窓越しに差す冬の日だまりで、背中を丸めて受講を待つ高齢者たちの姿があった。

その時間帯の受講者は6人。それぞれ名前を呼ばれて受付を済ませてから教室に入った。

紳士的な態度の教官が簡単な講義をしたあと、３人１組ずつ２班に別れて、ゲーム機のような画面を使った「運転適性検査」を受けた。

老化が原因で衰える反射神経を調べ、信号、歩行者、対向車などに気を配らなくてはならない複数の作業を同時にこなす運転能力を測った。果たして、その結果は……

「あなたの状況判断、および操作はふつうです。しかし、運転を急ぐと、確実性が欠けることがありました」

やっぱり、そうか。予想はしていたものの、この評価にはちょっとショックを受けた。

次に、視野の測定。結果は、静止視力が１・２、動体視力が０・８。

「動体視力は平均値よりもやや高い。安全速度を守り、危険を予測した運転を常に心がけてください」

まずまずの結果に、胸をなでおろした。

いよいよ最後の関門である。

教習所の中にあるコースを、横に座っている教官の支持に従って運転する実技だ。この年齢になっても教官が横にいると、緊張してしまう。

私は３人のうち最後の運転だったので、走るコースがだいたい読めた。だが、そこに落とし穴があった。

交差点を通過し、車線変更、車庫入れと順調に進み、次は、Ｓ字だろうと勝手に予測して曲がりかけた瞬間、

「そんな指示はしていません！」

教官からお叱りの言葉が飛んできた。

「すみません……」

ようやく、実技も終わった。さて、その結果は……

「丁寧な運転でしたが、進路を変更するときは、ミラーや目視で後方確認をしっかりしてください」

講習では高齢の運転者を保護する「高齢者マーク」をつけたほうがいいか、どうかが話題になった。

「このマークを車につけると、どんなメリットがありますか」

そう、尋ねると、教官は丁寧に教えてくれた。

「高齢者の車だと分かれば、多少もたついていても、仕方ないな、と周囲の運転者が配慮してくれますよ」

そうだろうか、と疑問に思った。老人を粗末にする風潮の昨今、老人にそんな配慮をしてくれる若者がどのくらいいるだろう。道交法では高齢者マークの車に幅寄せしたり、前方に

無理に割り込んだりしてはならないとされている。

世の中には道理をわきまえた分別のある人もたくさんいる。だが、今の社会に、高齢者に対してやさしいまなざしを向けてくれる「寛容」という文化は、すでに過去のものになっているのではないか。

高齢者をカモにしてさまざまな手口の特殊詐欺が横行している現実もある。いきなりクラクションを鳴らされたら、気が動転して事故を起こしてしまう危険さえある。

それに、高齢ドライバーには長年の運転経験による自負や見栄もあるだろう。

「高齢者マークをつけるのは、ちょっと勇気が要りますよね」

一緒に受講した老人たちも、「うん、そうだな」と、同調してくれるだろうと、うっかり言ってしまった。

すると、年長と思しき老人が険しい顔つきで私を咎めるように言った。

「そんなこと、人それぞれ違うんだ！」

スミマセン……

かくして高齢者講習は無事終わった。くちびる寒し北風に吹かれ、私は複雑な気分で家路を急いだ。（16・01）

肩書を嫌った人

書家の相田みつをさんは、ご自身が編み出した独特の書体で詩や格言を創作し、多くの人びとに感銘を与えてきた。

相田さんの「ひとりしずか」と題したカレンダーを手に入れ、自宅のトイレのカベに掛けた。もう20年も前のことである。

すでにカレンダーの役目は果たしていないのだが、いまもそのまま掛けてある。毎朝、用をたすたびに個性豊かな文字と言葉を眺めていると、気分が落ち着き、時間に追われて忙しい朝など短時間で用が足せる。

このカレンダーを手に入れたのは、相田さんが67歳の生涯を終えて間もないころだった。

「ひとりしずか」にはこんな文言が書いてある。

——鎌倉時代の名僧、道元禅師が著わした「正法眼蔵《しょうぼうげんぞう》」の《洗浄》の巻に、

「両辺を汚すことなかれ」

という教訓が載っている。

両辺とは便器の左右両側のことだ。

このあたりまえのことを誰も見ていないところで行うのは自らの行《ぎょう》である。

トイレは修行をする大事な道場だ。

相田さんの文章を読んで、私たちが日ごろトイレの中でする行為は、とりわけ大事なことなのだと改めて考えた。

仏道修行者ではない、平凡なサラリーマンである私にとって、トイレは別の意味で大切な個室でもあった。

日ごろの仕事のことや家庭のことなどわが身を取り巻くさまざまなことを、閉ざされた空間で考える。ときには反省したり、決断したりするつかの間の居場所でもあったからだ。

わが家のトイレも、相田さんが言うようにひとつの「修行道場」なのかもしれない。

「ここは孤独なところ　自分が自分になるところ」

狭い空間で静かに語りかけてくる、相田さんの紡いだ言葉を何度も、何度も読み返し、新鮮な気分で仕事に出かけた。トイレはその日、その日、意を決するスタート地点だった。

こうして、なんとか無事サラリーマン稼業を卒業できたのも、トイレという身近な「修行道場」のおかげだと、いま、大いに感謝している。

相田さんは言葉一つ一つをていねいに紡ぎ出し、墨と筆を巧みに使い芸術的な文字を描いてきた。

１９９１年（平成３）に亡くなるまで、市井に身を置いて人間の内面を深く見つめ、紡ぎ出してきたたくさんの言葉は、いまも色あせることなく生き続けている。

サラリーマンを卒業して自由の身になったのをいいことに、日々、緊張感が薄れ、気楽で怠惰な生活をむさぼる私に、この冬、相田みつをさんの魂と出逢う機会が巡って来た。

ときどきお会いする年配のご婦人から、「相田みつを生誕九十年」の作品展を鑑賞するチケットを頂戴した。

さっそく数日後、東京・有楽町にある「相田みつを美術館」を訪ねた。

開業１００年を迎えたＪＲ東京駅の構内と、周辺の再開発が進む丸の内界隈は、この日も大勢の人たちで混雑していた。

相田美術館がある有楽町の東京国際フォーラムは東京駅と地下道でつながっている。

かつて、低音の魅力で一世を風靡した歌手のフランク永井が昭和の時代に、甘く、切なく歌った恋の街、有楽町。いま、丸の内と一体となって、ビジネスと新しい都会の文化が交錯する最先端のおしゃれな街に変貌している。

あいにく、この日は東北や北陸地方が大雪に見舞われ、その影響で東北、北陸新幹線をはじめ、ＪＲの在来線にも大幅な遅れが出るなど、ダイヤが乱れていた。

しかし、大雪など何のその、相田みつを美術館とその周辺は、連れだってやってきた中高年の女性たちで賑わい、女性用トイレの入り口には、長い列ができていた。

「感動とは感じて動く　と書くんだなあ」

「自分が自分にならないで　だれが自分になる」

墨と筆を使って書いた一つひとつの相田作品は自らの体験や、なにげない静かな日常の暮らしの中で思索し、探求した人生観、世界観を独特の書体で表現している。

どの作品も30字に満たないほどの簡潔な文章で綴られている。それはあたかも相田さんご本人が私たちの目の前で、独り言をつぶやいているようにも感じる。

私たちが日々の暮らしの中でうっかり見過ごしてしまっている、目の届きにくい陰の部分に光を当てる相田さんは、人としてあるべき姿を浮き彫りにしている。

ひらがな、カタカナ、漢字を巧みに配して言葉と文字に力を与え、リズムを生み出す作品を前に、鑑賞する側はじっとその場に立ち止まり造形芸術の世界に引き込まれていく。

「父は、書のなかで言葉にふさわしい文字を書き、言葉と文字を一致させようと、日々努力していました」

この美術館の館長を務めている長男の相田一人さんは、父親の作品への向き合い方について、そう解説している。

相田さんは栃木県足利市に生まれた。旧制足利中学を卒業したあと、短歌や禅宗を学び書家を志した。30歳になった頃から、「自分の言葉」「自分の書」をテーマに、新しい道を切り開いてきた。

自分で詩を創り、自分で書にする。一人さんは、そんな父親をシンガーソングライターだ、と思っている。

作品が展示されている館内をゆっくりひと巡りして、相田作品の原点はやはりあの戦争にあると、改めて思った。

戦争でふたりの兄を失い嘆き悲しむ母親の姿を見て、死とは何か。命とは何だろう。自分はこれからどう生きていけばいいのか——自問自答しながら、さまざまな不条理を一心に背負い、貧しい生活に耐える人生を選んだ。

「感動」「いのち」「自分」「心」という短い言葉を、生涯大切にしてきた相田さんは、社会的な地位や身分などの「肩書」を嫌った。

「自分には、人に自慢できるような肩書なんかない」と、名刺には「相田みつを」としか書かなかった。

相田さんが生涯を通して持ち続けたその強い思いは、サラリーマンを卒業し、いま、肩書のない日々を送っている私にはよく理解できる。

「名刺の肩書は　本当の自分ではない　ほとけさまや　かんのんさまは　人間のような名刺は　持っていない」

その言葉は、あたかも名刺のない私たちを励ましてくれているようでうれしかった。

新鮮な気分で相田美術館を出ると、ちょうどお昼どきだった。

食事をしようと、東京駅前の丸の内広場にそそり立つ丸ビルに入り、エスカレータで5階のレストラン街に上がった。

赤煉瓦の東京駅と丸の内広場が一望できるイタリアンレストランに入り、コーヒー付きのランチを頼んだ。

レストランの入り口で、若いビジネスマンやＯＬ、それに地方からやって来たと思われる、大きな荷物を抱えた旅行者たちが列をなしていた。

昔、仕事で忙しく飛び回っているころ、安物のアクセサリーのような「肩書」をつけて、職場の仲間と一緒に丸の内界隈で、忙しく昼めしを食べた日々を思い出していた。

大勢の人びとが行き交うう丸の内広場の南の正面に建つ西欧風の東京駅を眺めながら、食後のコーヒーをゆっくり味わった。（15・01）

夏のアンサンブル

若い女性のピアノとエレクトーンのアンサンブル演奏会は、手作りの味が魅力的で、とてもおしゃれだった。

ようやく秋の気配が漂い始めた9月初旬。息の合ったペアが、私たちファンを大いに楽しませ、夏の疲れを癒してくれた。

このイベントを企画したご両人とも、それぞれ仕事をしながら、趣味の音楽を人生の友としている。

音楽愛好家たちが集う沼津市郊外のライブハウス「ＭＵＳＩＣ　ＬＡ　ＦＥＳＵＴＡ」が、演奏会場だった。

連日、日中の最高気温が35度を超す暑さは、とにかく堪えた。

ひとまず彼女たちの生演奏を楽しんで夏の疲れを癒し、体調を整えて秋の陣に備えようとライブ会場に足を運んだ。

季節の変わり目はお天気が落ち着かない。さっきまで小雨が舞って肌寒かったのに、一転、にわかに青空が広がり、真夏を思わせる蒸し暑さである。

会場入り口でいただいた「ふたりのスモールショー4　夢―その先へ」と題した手作りのパンフレットと、プレゼントされたジャスミン茶のボトルを手に、こぢんまりとしたホールの中へ――

そのパンフレットは、若い女性らしく、みるからにソフトで軽やかに、楽しげなタッチで仕上げられている。

ピアノとエレクトーンのコラボレーションは、どんな魅惑の世界に誘ってくれるのだろう。そんなことを想像すると、心が弾んだ。

まずは、ご両人のプロフィールから――

「いつも、疲労感……」と、忙しく仕事に追われる日々を思わせるT子さんは大学を卒業してからずっと郵便局で働いている。

「浮き沈みが激しい！」と、自らを分析するM子さんは、いまは大手スーパーの食品売り場でレジの仕事をしている。

T子さんはクラシックピアノ歴13年。M子さんはクラシックピアノ歴10年。それに加え、電子ピアノ歴13年のキャリアである。

ご両人とも生まれ年が一緒で、それぞれ小、中学生のころにピアノと出会い、演奏に親しんできた。

戦後、廃墟から出発した日本人の暮らしは急速な経済成長とともに豊かになり、家計にゆとりが出てくるにつれ、わが子に習いごとをさせる家庭が多くなった。

プロのアーティストを目指していたわけではないが、ご両人とも社会人として自立してからも、それぞれが歩む人生にピアノやエレクトーンを連れ添ってきた。演奏を通して友人や隣人を楽しい気分にさせてきた、そんな生き方に、私はいたく感心している。

音楽とは音を楽しむこと――

その基本的で、奥行きのある言葉を座右の銘に互いにレッスンを重ね、アンサンブルを楽しむ、息の合った友だち同士である。

「ふたりのスモールショー」は今年で4回目を迎えた。

彼女たちをよく知り、応援している50人ほどのファンが会場に詰めかけ、小さなホールは満席の賑わい。親密感と連帯感が会場を包み、終始、笑いと熱気に包まれた、ざっくばらんな楽しい演奏会だった。

髪を短くカットしたT子さんは、黒いパンツにイエローのブラウス姿。対照的に長い髪をレースのリボンで結んだM子さんは、ライトブルーのドレスといういでたちである。

グランドピアノに電子ピアノ。さらにエレクトーンを置いた足の踏み場もないステージで、ご両人ともアーティストになり切り、それぞれの持ち味を出して、熱演していた。

いま旬の「let it go～アナと雪の女王より」「翼をください」「証」「花の歌」「ひこうき雲」「星空のディスタンス」「めぐり逢い」など、休憩を挟んで15曲を披露した。

この日のスモールショーの売りは、格調高い演奏はもちろんのこと、その合間に披露した当意即妙な掛け合い漫才風おしゃべりと、愉快な小話である。

それが、客席の笑いと親しみを誘い、スモールショーはいつの間にかビッグショーに変わっていった。

「わたしは晴れ女だけど、あなたは？」

M子さんが、そう切り出すと、T子さんは申し訳なさそうな表情で、

「わたし、実は雨女なのよ」

この日の変わりやすい空模様を心配するところから始まり、互いの職場事情など、おしゃべり上手なご両人の掛け合いは次第に熱がこもり、プロのエンターテインメントも顔負けである。

二人は気の利いた小話も披露した。

T子さんは毎日、電子機器に囲まれたオフィスで仕事をしている。

何かの拍子に、傍らの機器に手や足、腰をぶつけてしまう。膝や脛にアザが絶えない。

「でも、お客さん相手の仕事ですから、しかめっ面もできないし……」

一方、スーパーの食品売場でレジを担当しているM子さん。買い物をしているお客さんには、なかなかわかってもらえない苦労があるという。

「レジに立っていて扱いに苦労する食品は、切ったスイカに、モモ、バナナでしょうかね」

夕方、列をなすお客さんを少しでも待たせないようにと、レジを操作しながら、いかに素早く食品を傷めないように処理するかが、自分に課せられた最大のテーマだという。

「お客様は神様デス」

その言葉がまだ生きているストレスの多い職場だろうなと、つい、ファンの私たちも同情し、フン、フンとうなずいてしまった。

遊び心にあふれた愉快な2時間のショーが終りに近づいた客席で、私は人を楽しませること、楽しむことについて考えていた。

モノが足りて、なに不自由なく日常生活を楽しんでいるように見えても、人はそれぞれ心の奥深くに、悩みや辛さを抱えている。

元気に老後の生活を送っているように見える私自身、「生老病死」という言葉があるように、ときとしてとらえどころのない不安や悩みを抱えながら日々暮らしている。

いまは、政治が貧困になり、民主主義という言葉さえ空疎に響く世の中である。

そんな憂うつと不安をひとしきり忘れさせてくれたのが、「ふたりのビッグショー」であった。

この日、私たちを楽しませてくれたT子さん、M子さんにも、人知れず悩みがあるようだ。

「好きで始めたことなのに、途中で手がつけられなくなり、一時は絶望的な気分になりました。自分が楽しまなくては、人を楽しませることなんか出来ないんだ、と思い直し、今日の演奏会に臨みました」

「一度は面倒になってしまい、ピアノを止めてしまったこともありました。でも、こうして私たちを囲んで楽しんで下さる方がいらっしゃると思うからこそできた演奏会です。ほんとに感謝しています」

人生を楽しむのも持ちつ持たれつ。毎日をひたむきに生きることに本当の幸せがあるのではないかと感じさせた手づくりコンサートだった。

笑いの絶えない2時間ほどの演奏会は無事終わった。

出口に向かう狭い通路で、お礼を言って、笑顔でファンたちを見送る二人のアーティストに、感謝とねぎらいの言葉をかけて外に出た。

雨、晴れ女子の願いがかなったのだろう、強い西日が容赦なく照りつけてきた。（15・10）

周先生のふるさと

幕末から明治維新へ——近代日本の先駆けとなり、いまも郷党の夢として語り継がれている沼津兵学校。その頭取を務めた西周《にしあまね》先生とは、どんな素顔の人だったのだろう。

晩年は、鼻の下に立派な髭を蓄え、世界をじっと見つめるような先生の肖像に威厳を感じながらも、意外に気さくで庶民的な人柄だったのかな、と想像したりもする。

周先生の生いたちや人となりを詳しく知りたいと思い、山陰の山々が新緑に萌えるころ、先生の故郷、島根県津和野町を訪ねた。

私は30年ほど前に一度、津和野を訪れている。

明治・大正の文豪で、「高瀬舟」や「舞姫」で知られる森鷗外の故郷を訪ねてみたいと思った。山口県下関市に出張した帰り、山陽新幹線の新山口駅で途中下車し、ＪＲ山口線に乗り換え津和野に向かった。

森鷗外が子どものころ過ごしたという簡素な武家造りの生家を見学しただけで、待たせておいたタクシーで津和野駅に戻り、新山口から再び新幹線に乗って東京に帰った。

周先生に関するさまざまな資料を読むと、先生は沼津兵学校に赴任してから2度ほど、生まれ故郷の津和野に里帰りしている。

最初は、自らが仕えた津和野藩主に会いに行ったとき。次は父親が亡くなったときである。

長距離の移動は、船と人馬に頼るしかなかった時代である。周先生はかなりの時間を要して、自身の体力を費やし、沼津と津和野を往復したに違いない。

今回、私は松江を経由して津和野に向かった。

津和野駅で降り、人影もまばらな駅前広場から、白壁の安野光雅美術館の前を通り、大通りを進むと、城下町の面影をとどめる本町、殿町通りに差しかかる。

なまこ壁と格子戸の老舗が軒を連ね、津和野カトリック教会、西周、森鴎外ら逸材を輩出した藩校の「養老館」、それに整然と立ち並ぶ武家屋敷が往時を偲ばせる。

津和野藩は、沼津藩とほぼ同じ4万3千石の小藩である。

歴史と風格のある美しい町並みが魅力的で、「ふるさとへの旅」がブームの昨今、訪れる人たちの心情や憧れをかきたてるようだ。

一方で、この町は高齢化と人口減少で若者の姿が少ない。「小京都」の触れ込みで歴史と観光の町づくりを進める津和野の人びとは、口々に危機感を訴えていた。

花菖蒲の季節には少し早いが、清冽な水が豊かな掘割で、色鮮やかで大きな錦鯉が優雅に泳ぎまわっている。

津和野川の大橋のたもとにある古い木造の郷土館に立ち寄った。周先生がオランダ留学時代に愛用していた懐中時計や顕微鏡、煙草盆、テーブルなどの遺品が展示されている。

そこから歩いて20分ほどのところに森鷗外の旧宅がある。

麦わら帽子をかぶった若いお嬢さんが首に手拭いを巻き、庭の草むしりをしていた。

「西周さんの生家は、この近くですか」

そう尋ねると、草むしりの手を休めて立ち上がり、手拭いで額の汗をぬぐいながら、

「そこの川を渡って左にゆくとすぐ見えますよ」と、親切に教えてくれた。

このお嬢さんは津和野に憧れ、一度住んでみたいと思い、この春、富山県滑川市から単身、移住して来たのだという。

津和野川に架かる狭い橋を渡ると、右手前方に浅黄色の土塀が見えた。

西周先生の旧居は周囲を畑に囲まれていて、入り口に生えている大きな趣のあるアカマツが庭に濃い影を落としていた。

母屋は茅葺の木造平屋建てで、武家屋敷の構えを留めている。屋敷の広さは３００坪ほどあり、母屋の北側に中庭を隔てて白壁の２階建ての土蔵が建っている。母屋には２畳、３畳、

６畳と６部屋あり、広い土間には炊事用のかまどが置いてあった。

土蔵の１階には、周先生が少年のころ勉学に励んだという３畳の薄暗い部屋があった。座り机と書棚が当時を偲ばせる。

周先生は文政12年（１８２９）、森鴎外の叔父で津和野藩の外科医、西時義の長男として生まれた。４歳から25歳までこの屋敷で過ごし、４歳のとき、祖父から手ほどきをうけて儒教を学んだ。12歳で藩校の養老館に入学し、朱子学や国学を修得した。

周少年は私塾にも通い、漢詩や書道、能、狂言などにも興味をもっていた。知識欲が旺盛で勉強漬けだった周少年はエピソードにこと欠かない。

家では、臼に玄米を入れて白米にする米搗《つ》きを任されていた。だが、好きな読書に熱中するあまり、ついた米粒がずいぶん小さくなってしまったという。

両親に頼まれて街へお使いに出たときも書物を抱えて出かけ、履物が左右不ぞろいでも気にもかけない、無頓着な少年だった。

土蔵の部屋にいるときも、食事の時間を惜しんで母親がつくってくれた握り飯を持ち込み、夢中で読書に明け暮れた。

俊才に加え、すさまじいほどの努力家で読書力と判断力を養い、儒学から洋学を志し次第に頭角を現してゆく。

17歳のときに、津和野藩主の亀井茲監《これみ》の側近として養老館の塾頭になった。

そしてペリーの浦賀来航を機に、脱藩を許されて江戸に上り、オランダに留学。帰国後は幕府の洋学学問所の「蕃書調所」の教授となり、哲学の道を究めていった。

近代化の時代をリードした指導者たちの信望が厚く、後に15代将軍、徳川慶喜のブレーンとなる。慶喜が静岡藩主になると、請われて沼津兵学校の頭取として赴いた。

沼津兵学校は、明治維新によって政権の座を追われた徳川家が静岡藩の領地であった沼津に開設した陸軍士官学校である。

周先生は日本人の精神と、国の制度の近代化を図るために、儒学や国学の東洋思想に西洋の学問を取り入れ、独自の哲学体系を確立していった。

さらに、啓蒙思想家に留まらず、政治学者として国防や教育制度の改革にも力を尽くす。

周先生が沼津に赴任したのは、明治元年10月24日のことである。升子夫人とともに、江戸（東京）から5泊6日をかけた人馬の旅だった。

升子夫人は周先生と結婚する前から日記をつけていた。

「升子の日記」（川嶋保良著）から、その頃の周先生の私人としての顔が浮かんでくる。

少年のころから、いったん物ごとにとりかかると、けじめをつけなければ気が済まない、わが道をゆく几帳面な性格だったらしい。

脱藩の時もそうだったが、こうと決めるとさっさと行動に移す人で、若いころから自分の思い通りに事が運ばないと気が済まない人だった。

まだ新婚のころ、こんなエピソードがある。

――結婚して1年、升子夫人はやっと夫の許しを得て歯を黒く染め、娘時代のままだった島田髷を丸髷にした。

その時代、既婚女性のお化粧は、お歯黒、丸髷と眉そりが習わしで、眉墨で眉を描いた。ある日、夫を送り出したあと、升子夫人は眉毛を剃った。ところが、兵学校から帰宅した周先生は升子夫人の顔を見た途端、たいそう立腹した。

許しを得ずにしたことに怒ったのか、洋学を学んでいるので古臭い習慣にこだわるなということだったのか、理由は分からない。だが、先生のご機嫌を損ねてしまった升子夫人はひたすら謝ったという。

多くの人材を輩出した沼津兵学校の頭取時代は19番屋敷に暮らしていた。周先生は、ときどき学生や城内の屋敷に住む人たちを招いて酒と肴を振る舞い、宴会を開いてもてなすのが好きだった。

そんな人情豊かな先生は明治3年9月、新政府の命を受け兵部省へ出仕し、惜しまれながら沼津を去っていった。（18・06）

先生、時間ですよ

このごろ眠気に誘われてつい、うとうとしてしまうこともあるようだが、真楽寺の勸山弘先生はいつもお元気で、充実した日々を送っておられる。

ご住職を退かれて、早いもので3年になる。

先生には光を失った人たちを救う社会奉仕活動が山ほどあり、ご隠居さん気分でぼんやりして過ごすわけにはいかない。ほんとうに、教養（今日、用）のある先生だ。

去年の春先のことだった。

心臓の血管が詰まって苦しくなり、緊急手術をされた。

一時は体力が落ちてしまい、周囲も、「ほんとに大丈夫だろうか」と心配したようだ。

だが、いまは、気力も体力も取り戻して顔の色つやもよく、生き生きと充実した人生を送られている。

この8月に、御年98歳になられた。

ご自宅のある沼津市末広町の真楽寺を訪ねると、奥の方から毛糸の帽子を冠り、首を少し傾げて杖をつき、速足で出て来られた。

以前、家の中で階段を踏み外して転倒し、頭を壁にぶつけてしまった。何針も縫う大けがをされたので、転ばぬ先の杖である。

なにしろ、向き合って話をしていても眼差しに力強さを感じる。声が人一倍大きく、言葉もはっきりしてキレがいい。

そのうえ、振る舞いがキビキビとしていて、決して老人くさくない。社会のため、人のためにいつも何かをしていなければ気が済まない。そんな雰囲気を漂わせている。

先生はこの秋、久しぶりに大きな舞台に立つことになった。いまは、その準備に忙しく追われている。

もう半世紀も前にライオンズクラブの仲間と立ち上げたアイバンク（献眼）運動を推進する40回目の全国大会が、間もなく沼津市民文化センターで開かれる。

沼津はアイバンク運動発祥の地である。

その尊い歴史を記念して気高い富士山の名を拝借し、「アイバンク富士山大会」と銘打って、力を込めている。

大会の花は、勸山先生の「持てるもの人のために」と題した講演である。

それに加えて、第二部は盲目のテノール歌手、新垣勉さんを招いて、コンサートも開かれる。

新垣さんは昭和27年（１９５２）、沖縄県読谷村《よみたんそん》に生まれた。

父親はメキシコ系アメリカ人、母親は沖縄の人で、新垣さんは生まれてまもなく医療過誤により両眼の視力を失った。

そのうえ、1歳のときに両親が離婚してしまい、祖母の手ひとつで育てられたのだが、14歳の少年のときに祖母が亡くなってしまった。身寄りが一人もいなくなり、以来、天涯孤独の人生を送って来た。

沖縄県立盲学校から福岡市にある西南学院大学に入学し、神学部を卒業したあと、好きな歌の道に進みたいと武蔵野音楽大学の声楽科に進学する。

孤独な境遇を乗り越え、オンリーワンの人生を大切にしながら40年近くも「平和とは何か」「生きる意味はどこにあるのだろう」と、自身に問いかけ続けてきた。

いまも全国を回り、好きな歌を歌って多くの人びとに語りかけ、感動を共有している。

この日のコンサートでは、多くの人たちに音楽の魅力を感じてもらいたいと、人気ナンバーの「さとうきび畑」や「涙そうそう」など愛と平和の歌を披露する。

勸山先生と新垣さんには共通の原点がある。

それは、あの戦争で、或いは不慮の事故で死線をさまよい、絶望の境地に置かれながら孤独と闘い、生かされた命を社会のため、人びとのために長い間尽くしてこられたことだ。

講演会で勧山先生はこれまで、多くの人びとの胸に響く話をしてこられた。

多くの人に「献眼」という崇高な行為を広く理解してもらうためには、何を、どう語り尽くせば心に届くのだろう。講演が近づくと、先生はそのことばかり考えている。

第1回の大会が沼津市で開かれたのは、昭和46年（１９７１）に遡る。先生が奥さまと、母親の３人で東京のアイバンクに献眼登録をされて７年目のことだった。

終戦から４半世紀が過ぎ、戦後の復興から立ち上がった人びとは経済的な豊かさを求めるあまり、弱者を救済する社会福祉への関心は薄かった。

角膜移植に対する拒否反応は、想像を超えるものがあった。

「遺体を傷つけるなんてとんでもねぇことだ」

「１００人から非難されても、ひとりの人間が涙を流して喜んでくれれば、それでいいという気持ちでした」

と、先生はあの頃の苦しい胸の内を振り返る。

大会が開かれた日。沼津市八幡町の沼津公会堂には全国から予想を超える１０００人もの人たちが集まった。

勧山先生たちは、目の見えない人の不自由さを、身をもって知ってもらうためには、何をどうすればいいかを考えた末に、こんな試みをした。

当日、大会が始まる前に、受付で参加者の昼食のお弁当に1枚ずつ手拭いを載せて手渡したのである。

参加した人たちは、昼食の時間になると、その手ぬぐいを手にとり、それぞれ目を覆って、配られた幕の内弁当のご飯とおかずを口に運んだ。

見えない、暗い世界で食事をすることの味気無さや、不自由さを初めて体験した参加者たちは、大会の最後に、

「トラは死して皮を残す。ライオンは死して目を残す」

と、ライオンズクラブのスローガンを唱え、献眼運動を全国に広めていこうと、力強く誓い合った。

善意の献眼により角膜移植を受け、光を取り戻すことができた人びとは日本全国で6万人にのぼる。

　光なき命のありて天地に
　　生くとふことのいかに寂しき

晩年を沼津で過ごし、43歳の若さでその生涯を終えた歌人の若山牧水が明治43年に詠んだ

和歌である。

目の見えない、光のない命のまま、この世の中に生きているということはどんなにわびしいことだろう。

牧水はなぜ、この歌を詠んだのか。

牧水を研究する歌人や文学者によると、自身の深い絶望を「光なきいのち」と表現し、「見えないこと」のわびしい気持ちを詠んだのだという。

このころ、牧水は恋の破局からくる、暗くて寂しい歌を多く詠んでいる。やるせない日常から逃れようと旅に出て酒と自然を愛した。

勸山先生はこのたびの大会のために、牧水の苦悩の歌をご自身の筆で書き写し、わざわざ表装して掛け軸に仕立てた。

当日は牧水のこの歌の書をホールの壇上に掲げて講演することにしている。その壇上に立って、先生はどんな言葉を紡ぎ出し、多くの聴衆に感銘を与えるのだろう。

そろそろ時間ですよ。先生……（17・10）

安曇野の白い道

人間の記憶なんて、実に曖昧なものだ。

その頼りない記憶をたどり人生の新たな1ページを飾ることができたら、生きる歓びはまた格別なものになるだろう。

私の左の二の腕の外側に長さ3㌢ほどの疵痕がある。もの心がついたころにはすでにあったので、文字通り古疵である。

その疵痕は火傷したときのように表面がツルツルとして光沢を帯びている。それも年齢を重ねるとともに周りの皮膚に馴染んで、いまはほとんど目立たない。

生まれて間もない頃だったと思う。

麻疹《はしか》か何かの予防接種を受けたとき、雑菌が入り化膿してしまったので切開手術をしたのだと、母親から聞かされていた。

衛生状態がよくない戦後の混乱期の暮らしの象徴ともいえる、言わば、記念碑のような疵痕である。

だから、この疵痕は私の人生の原点であり、眺めるたびに、幼いころへのほのかな郷愁が蘇ってくる。

秋が深まり、北国の山々から紅葉の便りが届き始めたころ、信州・安曇野の旅に出た。

東海道新幹線で名古屋へ出て、ＪＲ中央線に乗り換えて木曽へ。木曽路を歩いたあと、松本へ向かった。

黒い城壁から「烏城」とも呼ばれている国宝の松本城、それに国の重要文化財に指定されている旧松本開智学校の周辺を散策した。歴史を感じさせる公孫樹の黄葉が鮮やかだ。

明治初めに開校した開智学校は、伊豆・松崎町にある旧岩科学校とともに、わが国で最も古い洋風建築の小学校である。

戦国時代の城郭と、近代明治の小学校という対照的な文化財の佇まいが印象的で、歴史を偲ばせる。

散策しながら松本駅に戻る途中、昼食をとろうと老舗の蕎麦屋に入った。そこは評判の店らしく、店内は大勢の客で混み合っていた。

鴨汁ですすった新そばは香りといい、のど越しの爽やかさといい、めったに口にできない風味豊かな季節の深い味わいがあった。本場の信州名物、蕎麦の味である。

信濃では月と仏とおらが蕎麦

ちょっとご機嫌になって、信州人が自慢する一茶の俳句を口ずさみながら松本駅前に戻り、観光タクシーで安曇野の自然の中を走ってみることにした。

〽春は名のみの　風の寒さや

唱歌「早春賦」に歌われた安曇野は透明感のある美しい自然の風景が広がり、どこかやさしい童謡の世界を思わせる。

北アルプスから流れ下る清冽で豊かな湧水が幾筋もの川となり、それを包む乾いた秋の気配と、高層ビルのない景観が自然の魅力を際立たせている。

清流の中の山葵田を歩いたあと、松川村にある「安曇野ちひろ美術館」を訪ね、メルヘンの世界のような、やさしいタッチの絵画をゆっくり鑑賞した。

画家で絵本作家のいわさきちひろさんは生涯、「幸せ」と「平和」をテーマに自然の中の幼い子どもたちの姿を描いた。

淡い水彩画は、透明感のある安曇野の自然風景を象徴するかのように、鑑賞する側に人間のやさしい心を語りかけてくるようだった。

この日、観光に利用したタクシーの運転手が気を利かせ、女優の井上真央さんが主演したＮＨＫ朝の連続テレビ小説「おひさま」の舞台となった水車小屋のあるロケ地に案内してくれた。

「5年前、テレビで放送されると観光客が大勢押しかけてきました。でも、そのあとは訪れる人も減ってしまい、いまはもう忘れられた場所になってしまいましたよ」

夕闇が迫る山道で、運転手はきまり悪そうに笑っていた。

その夜は、標高の高い、穂高の高原ホテルに泊まった。

実は、この日、タクシーに乗ったときから、私は少し感情が高ぶっていた。

それは、幼い頃の腕の疵と関わりのある安曇野市の穂高有明という農村にかすかな記憶があったからである。

敗戦間もないころ父親の転勤で、私たち家族5人は北海道の十勝地方から当時の北安曇郡有明村に移り住んだ。私が生まれて間もない頃だったので、70数年も昔のことになる。

高原ホテルで夕食を済ませ、部屋に戻ってひと息ついたとき、翌日は有明という集落を訪ねてみようと思った。早めにベッドに入り、手がかりを捜そうと、暗闇の中で天井を見つめ遠いかすかな記憶をたぐり始めた。

私たち一家が間借りしていた農家には、4人の兄弟姉妹がいた。母屋の横に大きな納屋があり、広い庭の前に石塀に沿って、北アルプスを望むなだらかな坂道が続いていた。

しかし、変化の激しい戦後の歳月を考えると、頼りない記憶だけで昔の住み処を突き止めるには記憶の手がかりが少な過ぎる。それに、なによりも時間に余裕がなかった。

どうすれば、その農家を突き止めることができるだろう。

深夜、ベッドから抜け出し、ホテルのフロントに行った。カウンター越しに年配の従業員に尋ねた。

「有明という集落で、昔からの古い家があるところはどの辺りでしょう」

すると、男性は地図を持ってきて、古い農家がある地域を赤鉛筆で印をつけてくれた。そして、こう言った。

「でも、お客さん、その辺りは有明の駅からは遠いですよ。とても歩いていける距離ではありません」

仮に、記憶にある家が見つからなくても、せめて有明の空の下に立って深呼吸をして昔を偲ぶだけでもいい。

部屋に戻り、ベッドに入ってからも必死になって記憶の手がかりを探した。すると、闇の中で突然、「ち・く・に」の3文字が蘇った。

そうだ。それは以前、母親から聞かされていた大家さんの名字である。

翌朝、再びフロントに行き、電話帳の「ハローページ」をめくった。「ちくに」は「千国」と書く。その名字は有明公民館のある地域の中心部に固まっていた。

急いで朝食を済ませ、ホテルのバスでＪＲ大糸線の穂高駅へ送ってもらい、隣の有明駅で電車を降りた。

改札口にいた人のよさそうな、駅長代行の老人に乗車券を渡しながら尋ねると、駅前にタクシーはなく、公民館まで歩いて30分ほどかかるという。

小さな駅舎を出て、有明山に向かってなだらかな坂道を歩いた。秋の陽を浴びて、まぶしいほどの白い道が続き、沿道の柿がたわわ実っている。

村人に尋ねながら坂道を辿るとやがて新築の公民館が見えた。そして、その斜め向かいに、石塀に囲まれた農家があった。私は胸騒ぎを覚え、興奮した。

ここだ！　この家に間違いない。

庭に飛び込み、表札を確かめ玄関のチャイムを鳴らした。

応対に出た50代半ばと思われる女性に、訪ねた理由を説明した。しかし、その奥さんは突然の訪問者にびっくりした様子で、狐につままれたような顔をしている。

「ちょっと待ってください。裏の畑にお母さんがいるので呼んできます」

しばらくして腰の曲がったお婆ちゃんを連れて来た。モンペに長靴姿のお婆ちゃんは天を仰いで腰を伸ばし、にこにこして言った。

「私は今年90歳になりました。嫁に来てすぐのころ、確か、コウチさんという家族が間借りしていたと、姑から聞かされたことがあります。あなたが息子さんですか……私の夫はよく覚えていると思います。けれども、5年前に亡くなっています」

農家の建物の配置や庭、前の通りも私の記憶のままだった。ただ、私の記憶よりも全体が小ぢんまりしていた。

いまでも腕の疵痕を眺めると、雨の降る日に傘をさした母親の背中で泣きながら、なだらかな坂道を歩いていく場面が蘇ってくる。

あれは、後年、左腕の疵の治療で村の診療所に通っていたことを聞かされた話が、記憶の渕に引っかかっていたのだろう。

松本駅に戻る電車の時刻が迫っていたので、お礼を言って立ち去ろうとした。すると、

「ちょっと待ってください」

お婆ちゃんはそう言うと、手づくりの栗の渋皮煮と、イチゴジャムをビンに詰めておみやげに持たせてくれた。

その心のこもったおみやげを手にして、私は、さわやかな秋の陽に輝く、白く乾いた道を有明駅に向かって急いだ。（16・12）

沼津っていいら！

立冬を過ぎたというのに、この2、3日、小春日和の暖かい日が続いている。埼玉県の鴻巣市に暮らしている友人が訪ねてきた。彼は登山が趣味で、国内外の山に出かけ、日本百名山をすべて踏破している。

昔、沼津アルプスを縦走したこともあるらしいが、沼津の街をゆっくりと散策するのは初めてだと言っていた。

私がこの町に移り住んで、間もなく30年になる。転勤とともにさまざまな町で暮らしたが自然と文明が調和した町の佇まいを気に入っている。沼津暮らしが、いちばん長い。

友人は、この町にどんな印象を持つだろう。沼津のどんなところに目が行くだろう。そんなことを考えながら数日前からお薦め日帰りコースをあれこれ考えた。

その日。午前11時に沼津駅南口に行くと、日焼けした顔が近づいてきた。

「やあ、しばらく。元気そうだね」

互いに笑顔で、久しぶりの再会を喜んだ。駅前広場に出ると、彼は眩しそうに目を細めた。

「沼津は暖かいねえ。それに明るい街だなぁ……」

やっぱり、そう思うか……私は気分をよくして、あらかじめ考えていたコースで街を案内することにした。

互いの近況を語り合いながらロータリーを出て東へ。アメリカフウの並木の緩やかな坂道を下り、沼津市立図書館前に出た。

「これが、市立図書館だよ」。そう言って指さすと、友人は驚いたように声を上げた。

「へぇ！　沼津にはずいぶん立派な図書館があるんだなあ。こんな素晴らしい図書館、滅多に見かけないぞ……」

「文化都市」のお墨付きをもらった気分で国道1号線の陸橋を渡り、旧東海道の川廓通りへ。狩野川に隣接した趣のある石畳の通りは３００㍍ほどある。江戸時代に城下町、宿場町だった沼津の中心として栄えた通りだ。

10数年前に、沼津市が歴史と個性のある街づくりを考え、自然石を敷き詰めて石畳の街道を復元した。通り沿いにあるイタリアンレストランの旗が妙に石畳と調和して、ハイカラなヨーロッパの街角の趣を感じさせる。

川廓通りからなだらかな石段を上がり中央公園に出た。すっかり色づいたケヤキと、大きなメタセコイヤの脇に、「沼津城本丸跡」と刻まれた石碑が建っている。

歴史家の樋口雄彦さんによると、ここには戦国から江戸初期まで武田、大久保氏が支配する三枚橋城があり、江戸後期に5万石の沼津藩城主、水野氏の居城となった。

明治維新の後は静岡藩・徳川家の領地となり、水野氏が千葉・市原へ移ったあと、城の建物は沼津兵学校となった。

二の丸御殿は教室になり、現在、中央公園になっている本丸跡には、全国から集まった生徒の寄宿寮が建てられた。しかし、明治４年（１８７１）、兵学校が廃止され、区画整理や2度の大火で建物は焼失してしまった。

沼津城と、そのあとの沼津兵学校に懐旧の思いと、誇りを感じている年配の人たちは少なくない。残念なことに、城下町、宿場町の痕跡はすっかり失われて、沼津が輝いていた古き良き時代を偲ぶことはできない。

「こんなに歴史のある建物を、どうして復元しなかったのだろう?」

石碑の前で、友人はしきりに首を傾げていた。中央公園でひと休みしたあと、狩野川の「あゆみ橋」を渡った。

あゆみ橋は20年前に誕生した、歩行者と自転車専用のおしゃれな斜張橋である。富士山や天城山、沼津アルプス、それに、多くの市民が憩う水辺の風景をぐるり見渡しながら、ゆっくりと230㍍の橋を渡った。

モンスーン気候に恵まれ、雨の多い日本列島は大小の河川が無数にある。時には、人命が奪われる水害も少なくないが、利水や自然環境に果たしている役割は大きい。

とりわけ、沼津の中心街を流れる狩野川は、市民の生活環境や文化に深く結びついた親水性の高い河川である。お蔭で、市民は日々の暮らしに潤いを感じている。

天皇陛下や皇族が御用邸に向かうために利用された歴史ある御成橋を渡り、上土町通りに出ると、友人は「道路が広いなぁ、ケヤキ並木があって気分のいい通りだね」と、言った。

私自身も街を散策するとき、いつも感じることである。

それは、ありきたりの商店街とは違う、アメニティ豊かなヨーロッパ風の街並みを連想する。沼津市内にはキリスト教の教会も多く、明治維新後の兵学校時代、洋行帰りの指導者も多かった。幕末から明治の遺伝子が根付いているのだろうか。

本町を抜け、千本浜の松林へ。さまざまな石碑をめぐり、巨大地震の津波対策で造成された、高い防潮堤を歩いたあと、鮨屋に案内した。

通された部屋の南側の窓には抜けるような青空と、凪いだ駿河湾の海、それに伊豆半島が混然一体としている。「これが、沼津だよ」という自然豊かな風景である。

店の演出がまた、凝っている。初老の男同士がテーブルを挟んで向かい合って鮨をつまんでもサマにならない。互いに横に並び、まずは海に想いを馳せ、目の前に広がる風景を眺めながら鮨ランチを、という心遣いだ。

遠くに、大きな貨物船や漁船が往来し、目の前の防潮堤をサイクリングの若者たちが走ってゆく。豊饒の海を眺めながら味わう新鮮な握りの旨さに、懐旧談は弾んだ。

若山牧水の記念館に案内すると、友人は時間をかけて念入りに鑑賞し、とりわけ牧水と千本松原に興味を抱いたようだ。

沼津港に出て、水門「びゅうお」の展望台から、富士山を背にした沼津の街と、それを取り巻く雄大な自然を眺めた。

「同じ松原でも、三保とは全然違うなあ。何といってもこっちは広いよ。自然の松原がこの町に果たしている役割は大きいだろうな」

友人の希望通り、「沼津港深海水族館」を見学することにした。

駿河湾の深海で採れた色鮮やかな珍しい海老や蟹、貝、鮫、蛸など、じっくりと観察した。

街歩きのフィナーレは沼津御用邸記念公園である。さまざまな展示品から大正、昭和、平成天皇、それにご家族が残された足跡を辿り、皇室と沼津の歴史を偲んだ。

初めて訪れた友人は沼津と御用邸のかかわりに改めて感じるところがあったようだ。

「御用邸は沼津にとって、偉大な歴史遺産になっているんだね。これから先、将来も心を支える市民の誇りであり続けるだろうな」

沼津の街めぐりツアーで友人が感受し、口にした言葉を聞きながら、私はこの町の本質を再確認できた思いがした。

温暖な気候と、心を潤す自然環境、それに近代のモダンで豊かな歴史と多様な文化に彩られた沼津は、人びとの感性を育み、これからも心安らぐ都市であり続けてほしい。

戦後の高度経済成長に沸いて、いっとき、商業の中心都市のプライドに酔いしれた時代も確かにあった。だが、時代は大きく変化している。

華やかなころの記憶をいったん想い出のタンスに仕舞い、沼津の風土が培ってきた普遍の価値や優位性をどう生かしてゆくか、新たな視点と、多くの人の交流を通して沼津の町の在り方を考えるときが来ているように思った。

御用邸を出ると、街は暮れなずんでいた。友人はポケットからスマホを取り出した。

「今日は１８０００歩だ。ずいぶん歩いたなあ」

反省会と称し、駅前の居酒屋で一杯やってから、ほろ酔い気分の友人を改札口で見送った。

２日後、お礼のハガキが届いた。

「久しぶりにお目にかかり、とても幸せな１日を過ごすことができました。温暖な土地で心豊かに暮らしておられるご様子を拝見し、うらやましく思いました」(19・12)

浜の那奈ちゃん

浜のナナちゃん。と、言っても、横浜の酒場のナナちゃんではない。生まれて間もない、いたいけな孫の那奈ちゃんだ。

コロナ禍に翻弄された、さすらいの旅がようやく終わった。

いや、まだ終わったとは言い切れないだろう。再びさすらいの旅を余儀なくされるかもしれないからだ。

新型コロナウイルスの感染を逃れて、那奈ちゃんは3月末、母親に抱っこされ沼津のわが家に避難してきた。外の空気を吸うこともかなわず、しばらくの間、狭苦しいマンションの部屋で泣いたり、眠ったりして過ごした。

さわやかな風が心地よい、5月下旬の朝だった。

眠くてぐずる那奈ちゃんは母親と一緒に、オムツや着替え、ベビーバスなどたくさんの荷物を段ボール箱に詰め、迎えに来た乗用車に積み込んで横浜のマンションへ帰って行った。

玄関先の歩道で、母子を見送った私たち老夫婦はようやく、静かな日常を取り戻した。那奈ちゃんの泣き声がしない静まり返ったリビングルームで、新茶を味わいながらヤレヤレと、ひと息ついているところだ。

「ついさっきまでここに寝かされていた那奈ちゃんが急にいなくなってしまい、なんだか気が抜けてしまったようだね」

「ほんとに寂しくなっちゃったよ」

新型コロナウイルスの感染が拡大し始めてから、私たちは、マンションの部屋に閉じ籠る生活を余儀なくされた。だから、突然、姿を現した那奈ちゃんは、天使のように眩しかった。那奈ちゃんは、気持ちがふさいで難しい顔をしている私たちに、惜しげもなく微笑みをプレゼントしてくれた。だから、いざ、風のようにいなくなってしまうと、胸にぽっかりと穴が開いてしまったように、再び空虚な日常に戻ってしまった。

那奈ちゃんが生まれてまもなく、新型コロナウイルスの感染者はすでに世界で６００万人、死者は38万人を超えていた。

そのニュースを聞いて、何がなんでも怖いコロナウイルスに感染させてはならないと、私たちはマスクで顔を覆い、緊張する日々を過ごした。

その一方で、ミルクを欲しがる那奈ちゃんの大きな泣き声に振り回されたり、可愛らしい表情に心が和んだりして、ひとときコロナを忘れた。

　那奈ちゃんとお母さんが横浜へ帰って行った日。奇しくも東京、神奈川、千葉、埼玉の1都3県、それに北海道で、「緊急事態宣言」が解除された。その日は、日本列島に張り詰めていた重苦しい空気が幾分和らぎ、風薫る穏やかな日和に恵まれた。

　那奈ちゃんは3月13日の朝、川崎市の病院で産声をあげた。

　その2日前の3月11日にＷＨＯ（世界保健機関）が、新型コロナウイルスの感染を「パンデミック」、いわゆる世界的大流行と認定し、世界に緊張が走った。

　最初に感染が確認された中国をはじめ、韓国、欧米諸国に続いて、日本でも感染症を巡る動きが慌ただしくなったが、私たちはまだ、それほど強い危機感を抱いていなかった。

「赤ちゃんが生まれたよ」

　という知らせが入った日の翌朝は、冷たい雨が降りしきるあいにくの空模様だった。

　元気な赤ちゃんにひと目逢いたいと、急いで川崎の病院に駆けつけた。

「体重は２８００グラムでした。母親も赤ちゃんも元気です」

　病院に案内してくれた那奈ちゃんのお父さんから、そう聞かされひとまず安心した。

　しばらく控室で待ったあと、看護師さんに案内されて保育室の外の廊下からガラス戸越しに対面した。那奈ちゃんは看護師さんに抱っこされ、目をつむったまま大声で泣いていた。

「ほんとに元気な赤ちゃんだね」
「名前は、もう決まっているの？」
「ええ、二つほど候補を考えています」

那奈ちゃんのお父さんとそんなやりとりをした。

ほんのわずかな時間ではあったが、無垢な赤ちゃんと初対面を果たし、夕方、沼津に帰った。それから一週間後に無事退院したという連絡があり、私たちもお手伝いで忙しくなっていった。

しかし、年齢と体力を考えると、そうそう無理はきかない。横浜市内のホテルに2泊3日し、沼津に帰って1日休み、また横浜へ、というペースで通い始めた。

ところが、コロナウイルスの感染は驚異的なスピードで襲ってきた。感染者はまたたく間に東京・首都圏に広がっていった。

そして、3月末、人気コメディアンの志村けんさんがコロナウイルスに感染して亡くなったというニュースが飛び込んできて、一気に緊張が高まり、私たちはお手伝いを中断せざるを得なくなった。

お母さんと那奈ちゃんは感染を逃れるため、お父さんともひとまず別居することになり、東京郊外のお父さんの実家に避難した。

しかし、新型コロナウイルスは勢いを増すばかり。首都圏全域が感染の危険にさらされると、さらに安全な場所を求めて、那奈ちゃんとお母さんは、4月19日にわが家に身を寄せた。狭いマンションだが、那奈ちゃん母子に明るい和室をあてがい、掃除係の私は毎日、念入りに掃除をし、過ごしやすい環境を整えて緊張しながら見守った。

那奈ちゃんの1日は、大泣きから始まる。お腹が空いて我慢できないのだろう。この合図で急に慌ただしくなる。

おっぱいやミルクを飲み、出すものを出し、すっきりしたらまた眠る。そして大泣き……朝、昼、晩と、この繰り返しである。夜中に泣くことはほとんどなかったので、幸い私たちの生活リズムが狂わされることはなかった。

ふり返ってみれば、私は3人の子どもに恵まれたが、朝早く仕事に出かけ、夜遅く帰宅する毎日だった。育児はすべてカミさん任せで、わが子を見つめ、ゆっくり心で対話をすることなどほとんどなかった。

那奈ちゃんはお腹がすくと、ミルクをせがんで泣き、眠くなるとまた、大声で泣いた。母親が抱きあげて、ゆっくり揺らしながら眠らせようとするのだが、疲れて抱っこしたまま椅子に腰を下ろすと、激しく泣いた。

お腹が満たされると、機嫌よく私たちを相手にしてくれた。

「那奈ちゃん、おはよう、いい子だね」

そう声をかけると、恥ずかしそうに口元を緩める。

ある日、熊のプーさんシューズを履かせると、両足を上げてバタバタさせ、それを見てみんな大笑い。不安な日々にひととき、那奈ちゃんはスマイルをプレゼントしてくれた。

私は、那奈ちゃんのおむつ廃棄係に任命されたので、使い捨てのおむつをためた袋を、生ごみの収集日にステーションに運んだ。おむつが入った袋は、ずっしりと重かった。

午前10時ごろ、ゴミ収集車がやって来る。清掃作業員は生ごみと一緒に那奈ちゃんのおむつを車に放り込み、立ち去っていった。私は、４階の窓からその光景を見届け、誠心誠意、業務を遂行した。

成長してゆく那奈ちゃんとは正反対に、老いの坂道を転げてゆく私の人生は、一つひとつ失っていく日々でもある。友人や知人、家族、健康、体力、気力、記憶、想い出、そして最後は命……

突然、人間社会に立ちはだかった新型コロナウイルス。なかでも高齢者は重症化するリスクと致死率が高いという。朝、昼、晩と欠かさず体温を測り、外出するときはマスクをし、帰宅するとまずは手洗いと、うがいをする。

密閉、密集、密接の３密を避け続け、緊張した３か月。新しい命とのめぐり逢いは、思いのほか新鮮な喜びだった。（20・06）

人生いろいろ

暑い夏の昼下がり。1通のレターパックが届いた。送り主は、かつて同じ職場で仕事をしていたHさんである。

何だろう？　無造作にレターパックを開けてみると、手紙と一緒に東南アジアのタイで栽培されているコーヒー豆と、ドライフルーツのマンゴーが入っていた。

手紙にこんなことが書いてある。

「小生、数日前にバンコク以上にむし暑い日本に一時帰国しました。日本とタイは、見かけ上の気温はほとんど変わりありませんが、人工的な都市環境のせいか、日本のほうが自然豊かなタイに比べ、はるかに息苦しさを感じてしまいました」

手紙を読み終えて、日本とタイの夏は、そんなに違うのかと思った。

彼はタイの首都バンコクから東へ40キロほど離れた郊外にある私立大学で、若い人たちに日本語を教えている。

夏休みを利用して一時帰国し、首都圏に住んでいる家族と再会し、久しぶりに水入らずの日々を楽しんでいる、と書いてあった。

まだ帰って来たばかりなのに、大都市を覆うコンクリートのむせかえる反射熱には、閉口したようだ。２週間ほど家族と一緒に過ごし、慌ただしくバンコクへ戻って行った。

いただいたコーヒーを毎朝、飲んでいる。タイ産のコーヒーを味わうのは生まれて初めてのことである。

タイの王室が援助しているプロジェクト事業として栽培、生産されているコーヒー豆で、「話ノタネに味わってみてください」と、手紙に添え書きがしてあった。

コーヒー豆の生産地は、タイ、ラオス、ミャンマーの三か国がメコン川を挟んで国境を接する地帯にあるという。

かつて、この地方はゴールデントライアングルと呼ばれ、麻薬などに使われるアヘンの原料となるケシを栽培していたらしい。

タイ政府や国連の援助で始まったケシに代わる換金作物のコーヒー豆の栽培は、タイ王室も資金援助に本腰を入れていて、その生産量は年を追って増えているそうだ。

60代後半になる彼は、かつての職場では私より3年ほど後輩だったが、その若さと、行動力には驚くほかない。

現役時代から山男で鳴らし、日本百名山の挑戦はすでに90名山を征服、あと10名山は近いうちに踏破するつもりだと話していた。

同じ職場で仕事をしていたときも、仕事を終えてから夜中に夜行バスで鳥取に行き、その足で伯耆富士で知られる大山（１７２９㍍）に登った。再び夜行バスでとんぼ返りし、そのまま勤務するハードスケジュールを難なくこなしていた。

去年の春は、パプアニューギニアの最高峰、ウィルヘルム山（標高４、５０９㍍）に登頂。秋にはタンザニアにあるアフリカ大陸の最高峰、キリマンジャロ（標高５、８９５㍍）の登頂も果たしている。

うれしいことに、海外に出かけて日本に帰って来ると、訪れた先々のコーヒー豆をお土産に送ってくれる。

「話のタネに、味わってみてください」

というタイ産のコーヒーは、香りの強いキリマンジャロやニューギニア産に比べて、マイルドな美味しさが口いっぱいに広がり、しばらく心豊かな気分で過ごした。

彼がバンコクに渡ったのは今年初めのことである。

サラリーマンを卒業したあと、気力と体力があるうちにもう一度、何か新しいことに挑戦し、少しでも人の役に立ちたいというのがその理由のようだ。

海外に日本語教師を派遣するボランティア団体に加わり、東京で数か月、促成の研修を受けて単身バンコクに赴いた。

漢字を覚える指導をしたり、落第した学生の補習を担当したりして、授業のほかにも任意参加の会話教室を開いている。

厄介なのは、やはり英語をマスターしなくてはならないことだという。

この大学は英語教育を標榜しているので、日本語教育の「媒介語」はすべて英語を使わなくてはならない。

「英語が不十分なのが、いまさらながら悩みのタネです」と、手紙に書いてあった。

生活習慣や環境の違う国で過ごすのだから、さまざまな課題があるだろうことは想像がつく。それはともかく、毎日の暮らしは実に快適そのものらしい。

テレビや冷蔵庫を備えた立派な個室をあてがわれ、約束通り寮の無償提供と、食事代相当の給料をいただける。

わずかな金額ではあるが、タイは日本に比べて物価が驚くほど安いので、日々の生活は十分賄えるそうだ。

大学のキャンパスは日本では考えられないほど広大だという。

同封されていた写真を見ると、広いキャンパスの中に、赤い屋根と白い壁の垢ぬけたモダンな校舎が整然と並んでいる。

彼は単身赴任なので日々の健康管理を心掛け、毎日1時間かけてキャンパスを1周するのを日課にしているという。

しどろもどろの英語を駆使しての悪戦苦闘の授業だというが、学生たちが真面目で真剣に付き合ってくれるので、このごろ張り合いが出て来て、手ごたえを感じているようだ。

試行錯誤を繰り返しながらボランティア活動に生きる喜びを感じている姿を思い浮かべると、第二の人生のあるべき理想を感じる。

私たちは季節で言うと、「青春」、「朱夏」を過ぎていまは「白秋」のただなかにいる。そしてやがて「玄冬」の季節を迎える。

これからの人生をどう充実させて生きていくか。

日々悩み、戸惑いながら模索して過ごす白秋の季節は、ある意味、それまでとは違って自由を手にして、充実したときめきの季節でもある。

会社を退職していった先輩たちは、自由な季節への思いを挨拶状に書いている。

「これからはたっぷり時間があります。スポーツジムに下手なゴルフ、蕎麦打ち、俳句なども楽しみたい」

「長い間苦労を掛けた恋女房と共有する時間をたっぷりつくります」

本気かどうかは知る由もないが、それぞれ立派な決意を宣言している。そして、意気揚々とスタートさせた退職後の第二の人生は、どんな彩りの日々なのだろう。

社交ダンスの先生になった人、ママチャリで縦横無尽に走っている人、自らサイクリング地図を作った人、アルバイトをして、赤ちょうちんの飲み代に当てている人もいる。

そうかと思えば、地域社会になかなか馴染めず、1日に5回も、6回も愛犬の散歩に明け暮れている人もいる。

どんな生き方をするにせよ、かけがえのないわが命、余力のあるうちに仕事から解放されて人生の収穫期を味わいたいものだ。

私が暮らしているマンションの近くに、会社の経営を長男に任せたあと、いつも穏やかな表情で暮らしている老紳士がいた。

自宅の庭木の手入れをしたり、自ら進んで町内のごみステーションの清掃をされたりして、暮らしやすい地域社会にしようと、毎日、生き生きと老いをかみしめて過ごしているように見えた。

このごろ、その憧れの老紳士の姿を見かけなくなった。

この夏の猛暑が老身に堪えたのか、つかの間、病の床につかれ、静かに枯れるように旅立っていったと、ご家族から聞かされた。（15・09）

学ぶ文化の時代

仕事や家事労働から解放され、学ぶことに目覚めた中高年層に「市民大学」が人気だ。特異な才能や経験を生かし、さまざまな分野で活躍している人たちが講師に招かれ、それぞれの知識や体験で身につけた世界観など生き方について語る。聴講生の私たちは講師の話に感心したり、共感したりして知的欲求を満たす。

市民大学はいわゆる生涯学習の場として、市民にすっかり根を下ろしたようだ。どの講座に出かけても満席で、ことに中高年の女性の学習意欲が高い。

東京・恵比寿で「賛否両論」という奇抜な看板を掲げ、日本料理店を営む笠原将弘さんが夏の盛りに沼津にやって来て、駅前のプラサヴェルデのホールで、「食」について興味深い話をされた。

笠原さんは、テレビなどでいま人気の料理人ということもあり、４００人を超す聴衆が熱心に耳を傾けていた。

店の名入りの白衣を身につけて壇上に上がった笠原さん。受講生の多さにちょっとたじろいだ様子で、「家庭料理とお店の料理の違い」をテーマに持論を語り始めた。

「料理というものは、10人いれば10人好みが違うものです。従って答えの出ない世界だと思っている。ですから、世の中に究極の料理というものはありません」

それを聞いて、私はなるほどな、と思った。

笠原さんは44歳。若いころ日本料理店で修業し、２００４年に「賛否両論」を開店した。人気料理店に育てながら和食文化を広めたいと、熱心に食文化の推進に力を注いでいる。

3年前、日本の伝統的食文化である「和食」がユネスコの無形文化遺産に登録され、ちょっとしたブームになっている。そこで、笠原さんは「日本料理」と「和食」の違いについて、自身の考えを披露した。

「正解かどうかわからないが、鮨や、天ぷら、鰻料理、蕎麦のようにお店で食べるものが日本料理です。一方、ふだん家庭で食べているものが和食だと、ぼくは思っている」

店の料理は、旬の材料を仕込みに時間をかけ、うす味で繊細に味付けする。野菜などを飾り切りにして、料理に付加価値をつけることで、料理人は技術料を頂戴するのだという。

家庭料理は、お母さんやお婆ちゃんがそれぞれ工夫を凝らした料理で、過度な演出をせず、シンプルな手料理そのものである。

家庭では、お店のように手間ひまをかけないので、逆に料理の一番おいしい瞬間を味わえる。しかも、その度に、味付けにムラがあるので、同じものを食べても飽きることがない。

笠原さんは、料理は「感覚」が大切だという。

私たちは日常、白いご飯とおかずを口に入れ、一緒に混ぜて食べている。いわゆる「口内調味」を習慣としている日本人は、外国の料理を取り入れるのも得意だ。イタリアンやフレンチ、中華料理も、日本人好みに味付けをして食べている。

私たちがふだん店の料理を楽しむ機会が少ないのは、値段が高いうえにルールが難しく敷居が高いからだと、笠原さんは日本料理の現状に苦言を呈した。

自ら挫折を味わい、それを乗り越えて写真家になり、海外で活躍する青年もやってきた。

30代半ばになる関健作さんは、スポーツが大好きで高校を卒業して順天堂大学に進学した。ところが、在学中にうつ病を患ってしまう。そんなある日、ブータンという国があることを知った。経済的に貧しいブータンの人びとの素朴な笑顔を見て、

「なぜだろう？」

と、興味を抱くようになり、大学を卒業してから青年海外協力隊に参加してブータンに渡った。３年間、小学校と中学校で体育の教師として子供たちに囲まれて過ごした。

日本は経済的に豊かなのに、幸せを実感できない人が少なくない。日ごろ、そう感じてい

た関さんは、ブータンの生活やチベット文化を通して彼らの価値観をもっと深く知りたいと思った。

ブータンはヒマラヤ山脈の麓にある、人口75万の小さな王国だ。6年ほど前に若い国王夫妻が来日し、「幸せの国」と、話題になった。

国の成長を国民総生産量、いわゆるＧＮＰで測るのではなく、国民総幸福量（ＧＮＨ）というブータン独特の尺度を使っている。

物質的な豊かさよりも、精神的、心の豊かさを優先させるお国柄ということだろうか。

「ブータンの人びとは、この国に生まれ、生きていることに感謝し、他人の幸せを願う人を育てることに歓びを感じている」

汚い、暗い、臭いが当たり前の学校教育の現場で生徒たちに体育を教えた。用具がなくても、そこにあるものを使って子どもたちは明るく学び、遊んでいた。

関さんはブータンから帰国したあと、再び無職となり、毎日が葛藤の連続だった。そして、社会の目を痛く感じ、再び引きこもってしまった。

そんなとき、孤独とは無縁だったブータンの生活を思い出し、ずっとブータンに関わりたいと、写真家の道を選び、ブータン通いを続けている。

言語学者で杏林大学教授の金田一秀穂先生は、ジーパンにジャケットという軽装で、ふらっと沼津に遊びにやって来た感じだった。

「高いところから話したくないなあ、下に降りますよ」

そう言って、5、60センチ高い演壇を降りて私たちと同じ目線で語り始めた。その言葉には親しみがこもっていた。

「魚には大、小あるけれど、大きくも小さくもない魚ってどんな魚でしょうかね？」

のっけから、そんな質問を投げかけ、日本語のイメージについて問題提起した。

金田一先生によると、日本語は英語などに比べて喋るのはやさしいが、読んだり、書いたりするのはとても難しい言語だと指摘する。

日本人は昔から、知らない人と喋ってはいけないという固定観念が頭から離れない。ついこの間、視覚障害者の男性が東京・地下鉄のホームから転落死する痛ましい事故があった。もし、日本人に知らない人と気軽に喋る文化があれば、あのとき、視覚障害の男性に、誰かが声をかけて事故を防げたかもしれないと語り、残念そうにこう付け加えた。

「でも、日本人が知らない人と気軽に喋るようになったとき、日本人特有の思いやりや慮りは失われてしまうのかもしれませんね」

市民講座では、新たに知識を得るというよりも、その人の生き方や価値観に触れて、人生哲学を身につけたいという人が多いようだ。

講演を聴いていて、講師料が高い著名人の話が意外に期待外れで、失敗をしながら挑戦する若い人の生き方が琴線に触れることの方が多かった。

全９回の講座のトリは、沼津市出身で東京外大を卒業したあと、単身渡米し、ニューヨークを拠点に活躍するジャズフルーティストのＹＵＫＡＲＩ（渡辺ゆかり）さんだった。

彼女は、異国の暮らしの中で日々感じてきた人びとの「幸せ」について淡々と語り始めた。

「渡米してから病いを患い、つらいときもありました。それでも、自分を信じ、ありのままの自分を受け容れることが大切だと思いました」

渡米したころの孤独になりがちな心細い日々を、淡々と語り始めた。

「さまざまな出逢いと経験の中で、幸せは自分が持っているものの中にあるんだ、ということに気づいたのです」

ＹＵＫＡＲＩさんの「幸福論」と、その合間に披露した「サマータイム」など３曲のフルート演奏が、夏の疲れを癒してくれ、とても心地よかった。

それからしばらくして、市内のバス停で大きな荷物を抱えたＹＵＫＡＲＩさんに偶然、出会った。東京で開くコンサートに出かけるところだと、張り切っていた。

講師たちの話を聞いていて、世の中にはさまざまな生き方があることを再認識し、豊かな気分になった。なぜだろう？（16・09）

あとがき

ささやかな年金暮らしとなって12年になる。

沼津の街角にある小さなマンションの部屋の窓から、夜明けの富士山を眺め、私の一日が始まる。

これと言った趣味もなく、周りに遊び仲間もいない私は、ひとり散策をしたり、図書館で活字に親しんだりして気ままに過ごす日々だ。

日本人の寿命が延び、余生は長くなった。

収穫の多い白秋の季節を自由に、生きがいを感じて過ごせるのがなによりもうれしい。

しかし、思いもよらぬ新型コロナウイルスのパンデミックで、小さな旅に出るのもままならず、長い間、窮屈な暮らしを余儀なくされている。一日も早く自由を取り戻し、楽しく、力強い老いの人生を歩んでゆきたい。

山国育ちの私が、沼津を終の住み処に決めたのは、少年の頃からずっと沼津に思いを寄せていたからだ。

この本の「杜蔭の青春譜」にも書いているが、沼津という地名を初めて知ったのは、小学生の頃だった。

私たち家族は信州・佐久平の町で暮らしていた。

自宅のすぐ近くに、県立野沢南高校という女子高があった。戦後のドサクサがひと息ついた頃、その野沢南高と県立沼津西高校が夏休みに、海と山の交流を始めたことを聞かされ、なぜか、海の町、沼津に憧れを抱くようになった。

大学を卒業して新聞社に入ってからも、「沼津」への思いは潰えることなく、ずっと恋焦がれていた。

転勤に伴いさまざまな町で暮らし、サラリーマン人生の先が見え始めた50代半ば、沼津の人になろうと決意した。

私が沼津に魅力を感じているのは、東京に近い利便性もあるが、文明と文化がほどよく折り合い、なによりも海の町の穏やかな風景に魅了されたからだ。

東京や名古屋など大都市で暮したこともあるが、田舎育ちのせいか、忙しく、人いきれのする町には魅力を感じなかった。

この町に落ち着いてから、東京、首都圏に住む友人たちが沼津に遊びにやって来た。彼らは沼津の自然の優しさに触れて、こう言ったものだ。

「沼津は自然が豊かで、風景がすばらしい。のんびりして居心地のいい町だなあ。羨ましいよ」

私は、穏やかな風景に誘われて毎日のように散策する。

駿河湾の海を臨む千本浜と松原、街中を流れる狩野川の堤。ときには沼津アルプスの香貫山周辺や御用邸記念公園まで足を延ばすこともある。

その散策に連れ添ってくれるのが浜風であり、川風である。沼津は風がやさしく、季節ごとにさまざまな風が吹く。

あてもなく風に吹かれて街を彷徨いながら、日々の暮らしや、昔出会った人びとのこと、旅の思い出、近ごろ感じていることなど記憶を整理し、富士山を眺めながら書き綴った。

そして、拙い文章が出来上がると、私はその原稿を携えて散策の途中、多くの市民に愛されている沼津朝日新聞社に立ち寄る。

毎日、紙面づくりに追われている渡辺敏編集長にお目にかかり、雑談を楽しみながら、拙い原稿の掲載をお願いしてきた。

渡辺編集長は、私の雑文に目を通され、折をみて紙面に掲載してくださる。そんな人生の作業が、私のささやかな生きがいでもあった。

沼津朝日に掲載された文章が溜まったので、人生の記念に一冊の本にまとめてみたいと思った。

長い間、懇意にさせていただき、お世話になっている羽衣出版（静岡市）の松原正明社長に出版をお願いした。

『風が吹いている』は、２０１４年に出版した、随筆集『落ち葉 若葉 花がたみ』（羽衣出版）に続く２冊目の随筆集である。

出版するにあたり、ご協力してくださった多くのみなさまに感謝と、お礼を申し上げたい。

２０２１年９月

髙地　英壽

〈著者紹介〉

高地 英壽　（こうち ひでとし）

1944年（昭和19）生まれ。

長野県佐久市出身。

早稲田大学政治経済学部卒。

1970年から2010年まで読売新聞社勤務。

著書『富士山』『落葉、若葉、花がたみ』。

沼津市在住。

風が吹いている

令和三年十月二十日　初版発行

定価　本体一〇〇〇円＋税

著者　高地　英壽

〒四一〇—〇〇五七

沼津市高沢町一〇—一二

発行　松原　正明

〒四二二—八〇三四

静岡市駿河区高松三二三三番地

TEL〇五四・二三八・二〇六一

FAX　〃

ISBN978-4-907118-63-1　C0095 ¥1000E